Dla Taty

Dora Rosłońska

Przebudzenie Lisicy

Uświadomienie własnej kobiecości,
dzięki Zwierzętom Mocy

Białystok 2017

Redakcja
Joanna Malinowska

Fotografia Autorki
Asia Budzicka Fotosubiektywnie

Ilustracje
Lucy Campbell www.lupiart.com

Okładka
Kaja Makacewicz

Skład i przygotowanie do druku
Adrian Szatkowski

Druk i oprawa
Partner Poligrafia
www.druk-24h.com.pl

Białystok październik 2017

Wydawca

www.otoksiazka.com
mail: wydawnictwo@otoksiazka.com

ISBN 978-83-947611-4-1

Od wydawcy

Tytuł książki „Przebudzenie Lisicy" sugeruje, iż książka skierowana jest wyłącznie do kobiet. Jednak jest przeznaczona również dla mężczyzn, zarówno tych, którym brakuje żeńskiej energii, jak i tych, którzy chcą lepiej poznać i zrozumieć swoje kobiety życia: matki, córki, partnerki. Książka skierowana jest do ludzi, którzy pragną zgłębić tajniki Zwierząt Mocy. Ich oddziaływanie, moc i atrybuty. Pomaga odkryć je w sobie. Dzięki otwarciu się na Zwierzęta Mocy, człowiek odradza się na nowo, jak Feniks z popiołu. W słabości zauważa siłę, w prostocie piękno, a dzięki innym ludziom lepiej rozumie siebie. Przez opis Zwierząt Mocy z różnych grup żywiołów, Autorce udało się pokazać je zarówno ze strony umysłu, żeby je zrozumieć, jak i od strony serca, żeby je ukochać.

Czy jesteśmy świadomi obecności zwierząt, ich życia w harmonii z Ziemią i między sobą? Czy odczytujemy znaki przekazywane przez nie? Czy jesteśmy na nie gotowi? Czy będziemy wiedzieć, co dalej z nimi zrobić? Ktoś może zapytać, jakie znaki? A one towarzyszą nam wszędzie: pod postacią samych zwierząt, na łonie natury i w miastach; w autobusie, podczas rozmowy staruszek; na bilbordach; a nawet w snach. Te znaki są ważne, o ile je odczytujemy i jakie mamy do nich nastawienie. Dla jednych koń może być symbolem ciężkiej pracy, dla innych dumy, piękna, wolności i siły. Tak samo, jak dla jednych uśmiech jest oznaką radości, a dla innych nic nie znaczącym grymasem twarzy. Podobnie jest z podaniem ręki, które może być darem życia, albo pustym gestem. Wartość zjawisk i zachowań jest względna i zależna od naszego nastawienia i intencji. Nastawienie do samych zwierząt też przecież jest różne, mogą być daniem na obiad lub źródłem zrozumienia, że tylko poprzez szacunek i wdzięczność do nich, możemy czerpać z ich mądrości i mocy. Wiedzieli o tym przecież już nasi przodkowie.

Do książki można wracać wielokrotnie, czytając tylko o tych Zwierzętach Mocy, z którymi czujemy największy rezonans w danej chwili, jak i za każdym razem, kiedy chcemy odkryć nową wiedzę lub dostać małą wskazówkę.

Np. fragment opowiadający o Wilczycy:

„Wilczyca symbolizuje również odwagę, by stanąć w obronie własnych ideałów. To ona daje Ci siłę, gdy w grupie ludzi, jako jedyna działasz szlachetnie. Z Wilczycą przy boku nie boisz się postawić tłumowi, postępujesz zgodnie ze swoim Sercem i Duszą, nie godząc się na krzywdzenie siebie, ani innych. To odwaga bycia sobą, niezależnie od opinii otoczenia. Wilk nie musi się łasić i prosić o względy, zna swoją wartość, jest niezależny. Docenia wolność jednostki, ponieważ wie, że wolny umysł, Dusza i ciało są niezbędne, by iść własną drogą. Wolna wola jest dla niej świętością, której nie nagina do swoich potrzeb.

Wiele z nas jest odciętych od natury. Przypomnij sobie, kiedy ostatnio chodziłaś boso po łące, kiedy byłaś w lesie, kiedy zatraciłaś się, przebywając na łonie natury? To jest miejsce człowieka, a nie betonowe wieżowce, szklane biurowce i plastikowe sklepy. Wilczyca najlepiej się czuje pośród przyrody, bo wtedy ma dostęp do własnej natury, dzikiej kobiecości w sobie i czystej intuicji.

Albo o Lisicy:

Lisica, to ten etap kobiecości, w którym dziewczynka/dziewica przechodzi w kobiecość dojrzałą – kobietę. Lisica to kobieta odważna, ale niekoniecznie wojowniczka. Jest odważna dzięki świadomości swoich walorów i zalet, niezależnie od komentarzy na jej temat. Jest bowiem świadoma prawdy o sobie, bo wiele już doświadczyła i wie, na czym polega jej moc. Tę wiedzę zdobyła przez życiową mądrość, nabieraną z wiekiem, świadomością i doświadczeniem. Lisica nie jest jednak jeszcze mądrą staruchą, Sową, która już tylko obserwuje świat, bo wszystko o nim wie. Lisica, przede wszystkim działa. Bierze odpowiedzialność za swoje życie i wie, jak je poprowadzić, by była zadowolona. Wyleczyła się już ze spełniania oczekiwań innych i wątpliwości na temat swoich możliwości. Teraz wie, co ma robić, jaki jest jej cel, by być szczęśliwą. Kochać siebie i słuchać siebie.

W tej kobiecości jest dużo solarnej energii, ale właśnie kobiecej, pełnej kreacji i piękna. Lisica zatem jest żeńską energią sprawczości, energii działania i dążenia do celu. To Światło w działaniu, pulsujące z wnętrza, z serca, z korzeni.

Myślę, że po przeczytaniu tej książki nikt więcej nie przejdzie obojętnie obok żadnego zwierzęcia, ptaka, a nawet biedronki. Każdy zrozumie, iż wszyscy stanowimy całość, że uczymy się od siebie i pomagamy sobie. Każde zwierzę jest zawsze gotowe by nam pomóc, nawet czarna pantera na drodze, albo motyl na źdźble trawy.

Dzięki tej książce zrozumiemy, że zwierzęta cały czas nas wspierają, nawet jeśli tego nie widzimy. Przez otwarty umysł i wdzięczność, pozwalamy, by otaczały nas swoją mocą i dzieliły się z nami mądrością. Będziemy wiedzieli, co oznacza dla nas, gdy pohukuje sowa, a jeśli jeszcze zadamy pytanie, to odpowie nam biedronka albo foka z reklamy.

Każdy z nas ma uśpione moce i zdolności, a przez wizualizacje zwierząt, może je obudzić. Dodać sobie odwagi i poprosić wilka, by szedł obok, kiedy idziemy sami nocą, lub poprosić orła, żeby chronił nas w powietrzu, gdy lecimy samolotem. Sprawić sobie radość i namalować motyla na chusteczce. Nawiązać więź z żurawiem lub innym ptakiem o długiej szyi, kiedy potrzeba nam nadziei.

Wszyscy mamy swoje ulubione zwierzęta, które nas fascynują, którymi lubimy się otaczać. Ta książka jest właśnie o tym, co to oznacza i jak z tej fascynacji korzystać.

Maciej Wiszniewski

Spis treści

EPILOG

WSTĘP

I

Co to znaczy być świadomą swojej kobiecości?

Twoje życie to wielki rytuał. Od narodzin, poprzez wszelkie etapy dojrzewania, wzrostu, poszerzania swojej świadomości, aż do nabrania pełni doświadczeń, na które się zdecydowałaś. Masz wszystkie narzędzia, by poprowadzić go tak, jak tego potrzebujesz z głębi serca. Czy są to kamienie, pióra, rośliny czy Zwierzęta Mocy. Także słowa, które wypowiadasz do siebie i bliskich, czy codzienne potrawy, które karmią Cię swoją energią. A może praca, która daje Ci spełnienie lub codzienny jogging w lesie, który łączy Cię z naturą. Ale może to być również rytuał wypełniony tęsknotą za czymś niedoścignionym, umartwianiem się za innych czy odbieraniem sobie istotnych do życia czynników, bo kara i smutek sprawia Ci dziwną satysfakcję. Płyniesz w tym życiowym rytuale zgodnie z uwagą, którą dajesz konkretnym energiom. Zadbaj więc o to, by były jak najpiękniejsze.

By ten rytuał stał się w pełni Twój i w zgodzie z wolą Twojej Duszy, warto pracować nad świadomością siebie. Dowiedzieć się, które energie są Twoje i działać nimi na swoją korzyść. Uświadomić sobie, które elementy tej układanki, jaką jest rytuał życia, powodują Twój spadek wibracji. Mówiąc prościej, warto zauważyć, czy Twoim działaniem nie kierują konkretne programy umysłowe, które wmawiają Ci jakąś nieprawdziwą informację o Tobie samej. Na przykład: jesteś pełną życia dziewczynką, która uwielbia wspinać się po drzewach i ma wciąż rozwiane, potargane włosy. A rodzice wmawiają Ci, że dziewczynka musi być czysta i grzeczna, i nie wypada jej chodzić po drzewach. Ubierają Cię w sztywne sukienki i twarde lakierowane buty. Z czasem, po naciskach rodziców i stałym krytykowaniu Twojej miłości do chodzenia po drzewach, zastanawiasz się, czy to, co robisz, jest dobre. Dlaczego tak nie podoba się to innym? Oczekiwania rodziców dają Ci „właściwy" obraz tego, jak ma się zachowywać dziewczynka, by spełnić ich oczekiwania, bo przecież chcesz, żeby byli z Ciebie zadowoleni. Zaczynasz zamieniać się we „właściwą" dziewczynkę z ich wyobrażeń. Oddajesz decyzyjność o sobie innym. Przestajesz sama kreować siebie, tylko dajesz się zamalowywać. Nieświadomie, z pragnienia miłości, zmieniasz prawdziwe „ja" w inne „ja", złożone z oczekiwań społeczeństwa, cywilizacji, utartych programów.

Takich programów jest sporo w naszej głowie. Są tam od tak dawna, że nawet nie zdajesz sobie sprawy, że są to programy. Śpisz nieświadomym snem i poruszasz się jak marionetka. Warto więc te programy zauważyć, by się od nich uwolnić i zacząć żyć według własnych zasad, płynących z serca. Poznać własne potrzeby i pragnienia, na nowo się na nie otworzyć i realizować wbrew temu, co wypada, a co nie. Być prawdziwą kobietą, taką jak chcesz Ty, a nie ktoś inny. Nie bój się własnej kobiecości, stuprocentowej, odartej ze stereotypów i oczekiwań innych. Bądź Kobietą. Doświadczaj swojej kobiecości we wszystkich wymiarach swojego istnienia. Bo masz do tego pełne prawo. Nie słuchaj innych, posłuchaj siebie.

To Ty decydujesz, jaką kobietą chcesz być, jakiej kobiecości w sobie doświadczysz. Masz cały wachlarz możliwości do wyboru, bo jesteś jej Duchem. Duchem Kobiety. Daj sobie prawo być kobietą taką, jaką Ty chcesz być, bez narzucania sobie przez innych scenariusza z zewnątrz. Kobieta jest w Tobie, Ty ją tworzysz. Jeśli chcesz być pokorną owieczką, idącą za stadem – bądź. Jeśli chcesz zdobywać świat walką – bądź wojowniczką i broń swoich wyobrażeń o sobie. Grunt, byś miała w tym swój własny cel, który daje Ci pełnię istnienia. To może być doświadczanie Szczęścia, Miłości i Obfitości. To może być doświadczanie tęsknoty za czymś lub za kimś. To może być umartwianie i smutek. Wybór należy do Ciebie. Wyłącznie do Ciebie. Zobacz, która z kart kobiecości daje Ci moc i radość, a która rozpacz i rozczarowanie. I wybierz tę, która na ten moment najbardziej jest z Tobą w zgodzie. Rytuał życia trwa wiecznie. Możesz doświadczać wielu rodzajów kobiecości w sobie, nie ograniczaj się do jednej. Bądź zarówno boginią, jak i szamanką, mamą i przyjaciółką, wojowniczką i gejszą. Ale przede wszystkim, bądź w tym Sobą. Zobacz, jak przebogaty jest ten wachlarz. Ciesz się tym przeogromnym wyborem i doświadczaj go. Baw się kobiecością w wielu wymiarach. Po to żyjesz, by doświadczać wielu aspektów istnienia.

Mam dla Ciebie tylko jedną radę – kieruj się miłością. Wtedy będzie przepięknie. Ale – jak zawsze – wybór należy do Ciebie.

II

Strach przed kobiecością, czyli opowiem Ci bajkę

Kobieca moc jest przeogromna. Jest pierwotną siłą, którą każda kobieta dziedziczy od Matki Ziemi. Przejawia ją w każdym działaniu, które nacechowane jest wiarą w siebie, miłością do swojej natury i mądrości – kiedy gotuje, czyta dzieciom książki, tańczy na scenie, całuje partnera czy rodzi dziecko. Dlaczego więc tak się jej boimy? Dlaczego zmieniamy swój wygląd na modłę obrazów z kobiecych magazynów, czemu naturalny poród traktujemy jak traumę, dlaczego podporządkowujemy się partnerom, oddając im decyzyjność w kwestii naszego życia? Dlaczego boimy się iść za głosem intuicji?

Na początek zobacz, że ten strach nie jest Twój, a wtedy łatwiej będzie Ci się go pozbyć ze swojego życia i pożegnać. Strach to jedynie program zasiany w Twojej głowie, byś porzuciła poszukiwanie własnej mądrości i mocy. Byś zapomniała, że zawsze sobie poradzisz, w każdej sytuacji, dzięki swojej intuicji i wierze we własne możliwości, że możesz wszystko. Byś zapomniała, że kobiecość to także radosne spełnienie oraz miłość do siebie i swojego życia.

Wyjaśnię Ci, jak to działa, na przykładzie pierwszych bajek, jakimi karmiono Cię w dzieciństwie. Możliwe, że jesteś wychowana w kulturze, w której strach przed kobiecością i brak szacunku do niej jest podwaliną sposobu patrzenia na świat. Podobnie jest w przypadku relacji mężczyzn z ich wewnętrzną mocą i męską siłą. Mężczyźni również są karmieni programami, które mają na celu dokładnie to samo – zabrać im moc tworzenia siebie i własnego życia. Ale to już materiał na inną książkę.

Gdy jesteś dzieckiem, słuchasz różnych bajek, przypowieści, reklam, które karmią Twoją wyobraźnię. Ich dobór, historie, których słuchasz, są obrazami kobiecości, jakie malują w Tobie wyobrażenie o kobiecie. Niezależnie od tego czy jest to matka, siostra, albo córka, starucha, czy mała dziewczynka – każda z tych historii, to ziarenko kiełkujące w Tobie. Ono tworzy konkretne wyobrażenie i myśli, jak ta kobiecość ma wyglądać. Bardzo często jest to program, który nie ma nic wspólnego z Twoją Prawdą. Wybieraj więc tylko te bajki, które są w zgodzie z Tobą.

Możesz być kobietą wielowymiarową, bez wkładania siebie w jedną lub kilka szufladek.

Zacznijmy od bajek, które już znasz. Na początek Ewa – kobieta z raju, która kierując się intuicją, zjadła jabłko – owoc z drzewa poznania dobra i zła. Została za to ukarana bez powodu. Ona wiedziała, że warto zjeść magiczne jabłko, które jest metaforą Miłości. Wiedziała, że jest to dobre, tak samo, jak samo stworzenie świata. Wiedziała, że wszystko jest dla ludzi i zwierząt, bez limitowania i wydzielania. Jabłko oznaczało dla niej Miłość, której pragnęła z głębi serca i której była głodna. Sięgnęła więc po nie, ponieważ wiedziała, że ma do tego prawo. Drzewo poznania to Miłość, do której ma prawo każdy i nie musi wykazać się czystością ani posłuszeństwem, by się nią nakarmić.

Niestety, bajka o wygnaniu ludzi z raju, nakarmiła Ewę najniższymi wibracjami – poczuciem winy, że zrobiła coś niewłaściwego oraz wstydem i złością, że do tego doszło. Słuchając tej historii jako małe dziecko, już wtedy zaczynasz odczuwać poczucie winy za to, co zrobiłaś albo co zrobisz. Wsłuchując się w historię biednej Ewy, poznajesz smak niskowibracyjnej energii, która właśnie zasiała się w przestrzeni Twojego umysłu. Dążysz do miłości i beztroski, do raju w sercu, ale historia o wygnaniu zasiała już w Tobie myśl, że niektóre rzeczy, które robisz, mogą mieć złe konsekwencje. I przestajesz czuć się bezpiecznie, podejmując jakiekolwiek decyzje. Zamiast szukać odpowiedzi w sobie, patrzysz na innych, którzy mają ocenić Twoje działanie. Przestajesz ufać swojej intuicji. Zasiane ziarno, niczym larwa z obcego programu, zaczyna rozgaszczać się w Twoim umyśle. Rodzi się poczucie winy i wstyd, że zrobisz coś niewłaściwego, jeszcze zanim wykonasz ruch. W porządku świata nie ma niczego niewłaściwego, a przez historię o Ewie uwierzyłaś, że musisz tłumaczyć się z pragnienia miłości i wstydzić się tego. Dlatego odrzucasz podszepty Duszy – intuicję, bo myślisz, że zaprowadzi Cię do wyimaginowanej kary. Od tej pory każde działanie z podszeptu intuicji jest już podszyte strachem przed poczuciem winy. Tak rodzi się niepewność co do własnych możliwości.

Przeciwieństwem Ewy jest Lilith, która nie przestraszyła się kary. Wiedziała, że jest na równi z mężczyzną (czego Ewa nie mogła doświadczyć, będąc stworzona z żebra Adama, jako niższa istota) i ma prawo do wszystkiego, co jest w raju. Bo taka jest prawda. Jednak raj zmienił się nie do poznania, kiedy pojawiły się w nim zasady, których jej serce nie mogło przyjąć. Odeszła. Również została ukarana za swój wybór, kierowany prosto z serca, pragnieniem szczęścia i życia w z zgodzie z sobą i w harmonii z mężczyzną. Przypięto jej łatkę dzieciobójczyni, kobiety złej, która mści się na mężczyznach. W ten sposób kolejne ziarno chwastu, o kobiecości z cienia, jest już zasiane w Twoim sercu. Kolejna larwa buduje w Tobie swoje gniazdo. Chce Ci wmówić, że jeśli kierujesz się swoją intuicją i wiarą w to, że świat należy tak samo do Ciebie, jak i do innych, będziesz outsiderem, napiętnowaną, ponieważ nikt Cię nie rozumie. Jesteś zła i będziesz robiła tylko zło, bo chcesz przecież spełniać swoje marzenia i nie godzisz się na posłuszeństwo, które nie jest dla Ciebie dobre. Jako dziecko czy młoda dziewczyna, skłonna do łagodności i radości, zaczynasz się zastanawiać, czy kierowanie się własnym sercem i spełnianie własnych marzeń jest dobre. Wmawia Ci się egoizm i uczy odsuwania realizacji swoich potrzeb na dalszy plan. Lilith była mądrą kobietą, która znała swoją wartość i czerpała z niej, by tworzyć swoje życie według własnych potrzeb. Mądrość kobieca, wynikająca z wewnętrznej intuicji i bezpośredniego połączenia z Naturą i Przodkami, ze swoją czystą Świadomością została oczywiście zatruta, jak jabłko w dłoni czarownicy z bajki o Królewnie Śnieżce. Warto tu wspomnieć o Lilith, a raczej o myślokształcie stworzonym na jej temat. Mądra kobieta, ta, która wie – to wiedźma przedstawiana zwykle w najohydniejszy sposób. Nos haczykowaty, brodawki na skórze, skrzeczący głos i potargane, siwe włosy. Cała nagonka na kobiety parające się ziołolecznictwem i pracą z energią, nazwane ogólnie czarownicami, to nic innego, jak bezskuteczne ujarzmianie wewnętrznej kobiecej mądrości i wiedzy, którą mamy w sobie. Wiedźma czy czarownica, to kobieta kontaktująca się z wielowymiarową Naturą, mogąca uzdrawiać za pomocą ziół, żywiołów czy aromaterapii, korzystająca z darów przyrody. Niestety, owa mądrość została przedstawiona w bajkach jako coś strasznego, czarnego. Wszystkie spalone czy w inny sposób zgładzone kobiety, uznane za czarownice, straciły życie tylko dlatego, że były mądre, miały ogromną wiedzę, z której korzystały. Tej mocy obawiali się malutcy i organizowali na nie polowania, do dzisiaj strasząc nimi swoje dzieci. Mądre kobiety przedstawia się zazwyczaj w bajkach jako czarownice z zatrutym jabłkiem i zapchlonym kotem na ramieniu. Baba Jaga z „Jasia i Małgosi", czarownica z „Królewny Śnieżki" czy „Śpiącej Królewny" – te postacie mają nas zniechęcić do pracy z magią, energią i własną mocą.

Przeczytałaś, jak tworzą się nieprawdziwe programy kobiecości po to, żebyś zaczęła słuchać siebie, zamiast innych. Znasz bazę, która osłabiała Cię od początku. Poczucie winy za to, jakim się jest czy odebranie sobie prawa do kreacji własnego życia, zamienia Cię w bezwolną istotę, która zgadza się na wszystko. Odebrano Ci moc kreacji, zaufanie do siebie i własnej intuicji. Odbierana Ci jest moc tworzenia i decydowania o własnym życiu. Tak działa program, nakładany na Twoją czystą Świadomość. Wydaje Ci się, że tak ma być i mimowolnie zgadzasz się na to. Jak zwierzę urodzone w klatce, które nigdy nie widziało przyrody i nie zaznało wolności.

Bajki, przypowieści, reklamy, filmy – karmią Twoje myśli. To ma wpływ na Twoje codzienne życie. Spotykasz dokładnie takie kobiety, jakie masz w swoich myślach i wyobraźni. To myśli kreują Twoje otoczenie i rzeczywistość oraz nastawienie do tego, co jest. Dlatego, jeśli jesteś zaprogramowana i myślisz o kobiecości z poczuciem winy, wstydu czy pokory, codziennie widzisz takie egzemplarze kobiet. Myśli przyciągają odpowiednie energie. Program umysłu przechodzi w program na poziomie materialnym. Jeśli Twoja mama uważa macierzyństwo za coś ciężkiego i jako mała dziewczynka doświadczasz obrazu matki, która wciąż jest zmęczona i smutna, umartwia się dla Ciebie i nie jest szczęśliwa, nabierasz przekonania, że tak jest i tak ma być. Później kopiujesz to zachowanie, kiedy sama stajesz się matką. Chyba, że uświadomisz sobie, że Twoja mama była zaprogramowana, działała zgodnie z programem i wbrew sobie. Jeśli się przebudzisz, możesz wyjść z tego powielania schematu i stworzyć własną, nową jakość macierzyństwa opartego na wolności, miłości, radości i beztrosce. Możesz wyjść z klatki, żebyście, zarówno Ty, jak i Twoje dzieci, doświadczyły już innej kobiecości – lekkiej, błyszczącej i pełnej mocy.

Obecne społeczeństwo cierpi na poważną chorobę – strach przed dojrzałą kobiecością. Wszelkie programy cywilizacyjne wbijają kobietom strach przed samą sobą – swoją mocą i wiedzą, która bierze się z intuicji. Wychowywane w niewierze we własne możliwości – w zmienionych priorytetach, by spełniać wymagania innych, nie swoje – stają się biernymi obserwatorkami własnego życia. Na szczęście nadchodzi moment, kiedy zaczynają zdawać sobie sprawę, że sen który śnią, nie jest tym wymarzonym. Powoli zmieniają go swoją wolą, świadomością, odradzającą się intuicją i siłą. Mężczyźni, wychowani w silnym ego, boją się mocy kobiet i nie jest to ich wina. Od dziecka karmieni byli bajkami i obrazami kobiety, która albo jest czarownicą, albo czystą dziewicą, przy której trzeba poruszać się wyłącznie na kolanach. Świadoma swojej mocy, również seksualnej, kobieta – zawsze była przedstawiana jako ladacznica, która niszczy i chce wyłącznie omamić. Ich wymagania w stosunku do kobiet wynikają z niewiary w siebie. Zmuszani do dyscypliny i ciągłego udowadniania bycia najlepszym, zapomnieli, co to jest akceptacja siebie, z wadami i zaletami oraz świadomość, kim są. Lepieni z oczekiwań i wątpliwości rodziców, stają się drewnianymi laleczkami – jak Pinokio – które wciąż są małymi chłopcami, z potrzebą bycia kochanym.

Niestety, Miłość została mocno zablokowana w naszych sercach – strachem przed zranieniem. Uważamy, że możemy być kochani za coś, a Miłość to przecież uczucie bezwarunkowe. Kochamy kogoś za to, że po prostu jest. Kochamy siebie za sam akt istnienia. Nie trzeba być takim lub innym, wystarczy być sobą. Jednak po latach tresury, by być takim jak wszyscy, dojście do świadomości własnego „ja", do uświadomienia sobie, kim się jest naprawdę i czego naprawdę się pragnie – trwa i wymaga wytrwałości i otwartości.

Odczarowujmy więc bajki, czyśćmy świadomość z programów, by żyć pełnią życia, według zasad własnego serca. Mamy moc sprawczą i wystarczy jej użyć, by zmienić swój świat, postrzeganie samego siebie i innych.

Jednym z narzędzi jest odkrycie Zwierząt Mocy i ścieżka szamańska. Korzystając z Natury i pamięci o Przodkach, możemy naprawić obraz samej siebie.

Jako kobieta masz niesamowite połączenie z Naturą – Matką Ziemią, Zwierzętami Mocy, roślinami i dewami, czyli duchowymi istotami z Królestwa Natury. Dlatego, dzięki światu roślin i zwierząt, możesz sobie uświadomić własną kobiecą naturę oraz otworzyć się na intuicję.

III

Dlaczego Zwierzęta Mocy pomogą Ci dojść do sedna siebie i w jaki sposób to zrobią?

Uczestnicząc w pewnych warsztatach poznałam Macieja. Olbrzymi, młody mężczyzna, uśmiechnięty i pełen dobrej energii, siedział dość daleko ode mnie. Podczas spotkania każdy mierzył się ze swoimi strachami i lękami zagnieżdżonymi w sercu. Byli tam z nami doświadczeni szamani, przepiękne ludzkie istoty, które wspierały nas swoją mądrością i bezwarunkową miłością. Z ich pomocą przeszłam swój proces, delektowałam się Światłem i Mocą, którą w sobie odkryłam. W jasnej jurcie, wypełnionej blaskiem z kominka i kojącymi dźwiękami muzyki granej na żywo, tworzyliśmy wspólnie przepiękny krąg mocy i wsparcia. W pewnym momencie zauważyłam Macieja, który stał przy kominku, oparty o drewniane kolumny, podtrzymujące całą konstrukcję namiotu. Buzował od gniewu i dzikiej złości, warcząc i głośno wypuszczając z nozdrzy powietrze. Widziałam, jak poszczególni szamani podchodzili do niego, by go ukoić i pomóc, jednak ich metody jeszcze bardziej go rozjuszały. Wyglądał jak olbrzymi niedźwiedź, który czuje się w jurcie jak w klatce. Poczułam w sercu jego bezradność i brak pomysłu, jak przejść i oczyścić się z tych ciemnych emocji. Złość narastała w nim do tego stopnia, że jeszcze chwila a rozwaliłby drewnianą konstrukcję podtrzymującą dach. Potrzebował pomocy. Intuicyjnie wstałam ze swojego legowiska i podeszłam do niego.

– Jesteś niedźwiedziem, przepięknym, silnym niedźwiedziem – powiedziałam do niego, uderzając go lekko pięścią w splot słoneczny. – Pięknie walczysz, zaraz zwyciężysz. Jeśli chcesz, pomogę ci przejść ten trudny moment. Zrobimy to razem.

Maciej, mocno uważny na swoje wnętrze i odrzucający bodźce i rady z zewnątrz, ocknął się z czarnych myśli i spojrzał na mnie.

– Jesteś Niedźwiedziem, potężnym i łagodnym zwierzęciem, wyrzuć z siebie tylko tę złość, którą dusisz w sobie – dodałam.

Mężczyzna, odtrącający wcześniej każdą z prób pomocy, zaczął mi się zwierzać, mówiąc o swojej bezradności i lęku przed wyjściem z jurty na zewnątrz. Z jednej strony chciał z niej uciec, z drugiej nie był w stanie zrobić kroku.

– Chwyć mnie za rękę i zrobimy to razem. Wyjdziesz ze swoich strachów, wychodząc przez drzwi jurty – powiedziałam zgodnie z intuicją. – Zaufaj mi, podaj rękę. Jestem przy tobie.

Maciej z dziecięcym zaufaniem podał mi swoją olbrzymią, męską dłoń. Szliśmy powoli do wyjścia, a on wpatrywał się we mnie z niedowierzaniem. Po wyjściu z jurty zobaczył mroźny, śnieżny krajobraz, który nas otaczał. Biel ziemi oraz róż i błękit popołudniowego nieba ocuciły go. Wszystkie strachy zniknęły z jego serca, puścił moją rękę i poszedł wzdłuż ścieżki.

– Już wszystko wiem, mogę iść dalej sam – powiedział, odwracając się do mnie z uśmiechem.

Stałam nieco z tyłu, by mu nie przeszkadzać, gotowa wesprzeć i pomóc w każdym momencie. Ale wiedziałam już, że najgorsze jest za nim.

Wieczorem, przyszedł do mnie oszołomiony tym, co zadziało się między nami.

– Co to było? – pytał wciąż.

Co się wydarzyło? Dotarłam do jego serca poprzez jego Zwierzę Mocy. Uderzając go delikatnie pięścią w serce, mówiąc o Niedźwiedziu, obudziłam go z letargu strachu, w którym utknął. Jego serce obudziło się, bo wyczuło w sobie siłę, pierwotnego Ducha niedźwiedzia. Maciej otworzył się na moc tego olbrzymiego zwierza i połączenie z wielowymiarową Naturą, jego własną naturą, poczuł ją w sobie, a zwierzęca intuicja poprowadziła go już sama. Obdarzył mnie wtedy zaufaniem, z serca zniknął gniew oraz obezwładniające złość i lęk. Wyszedł z tego trudnego procesu dzięki Zwierzętom Mocy.

One właśnie tak działają. Swoją emanacją, duchową obecnością otwierają nasze serca na siłę, która w nas drzemie. Zabierają wszystko, co do tej pory nas blokowało. Zwierzęta Mocy są przewodnikami na ścieżce, na końcu której są otwarte na miłość serca i moc świadomości. Umożliwiają nam powrót do dziewiczej natury nas samych, istot Matki Ziemi i Ojca Kosmosu.

Następnego dnia podeszła do mnie Alicja – atrakcyjna kobieta, która przyjechała na warsztaty w dzień swoich czterdziestych urodzin. Na początku chciała wiedzieć dokładnie, dosłownie z zegarkiem w ręku, co się wydarzy, kiedy i jak długo będzie trwać spotkanie, co przeżyje i jak się będzie czuła. Szamani prowadzący spotkanie wyjaśniali jej, że nie da się przewidzieć wszystkiego i warto puścić kontrolę. Alicja jednak kurczowo trzymała się umysłu, nie pozwalając sobie na puszczenie energii, by działała po swojemu. Do tego stopnia, że pierwszego dnia nie była w stanie wejść w proces. (Tak naprawdę była w procesie wyrzucania blokad umysłu, zobaczyła je w końcu i uświadomiła sobie.) Drugiego dnia poprosiła mnie o pomoc, bym znalazła kanał, który sprytnie oszuka jej własny umysł i potrzebę kontroli. Wyciągnęła Królika z moich kart Zwierząt Mocy. Zwierzę, które pomaga właśnie wejść w norę, swoje wnętrze, głębię własnego „ja".

– Podczas medytacji zobaczysz w wizji Królika. Idź za nim, jak Alicja z Krainy Czarów. Biegnij za nim, on przeprowadzi Cię przez cały proces. Masz w nim wsparcie – powiedziałam i zajęłam się własnym procesem.

Wieczorem Alicja podziękowała mi za Królika. Dzięki niemu obudziła się w niej wewnętrzna dziewczynka – Alicja, która nie zważając na wszystko wokół, biegnie za puszystym zwierzątkiem, chcąc zobaczyć, gdzie mieszka, przytulić go, pobawić się z nim. Tak właśnie działają Zwierzęta Mocy – budzą w nas wewnętrzne dziecko, wolne od programów i lęków, wypełnione jedynie ciekawością i radością doświadczania.

Zastanawiałaś się, dlaczego jest tak dużo bajek o zwierzętach? Dlaczego pluszaki to misie, koty lub liski? Zwierzęta to pewnego rodzaju metafory nas samych. Ich czysta, naturalna energia, nieskażona cywilizacją i umysłowymi programami, porusza nasze emocje, potencjały i cechy charakteru. Dlatego właśnie, poprzez bajki o zwierzętach, tak łatwo opisać pewne nasze zachowania i wewnętrzne blokady. Są naszym lustrem. Co ciekawe, kiedy dane cechy ludzkie odbieramy personalnie, natychmiast włącza się nam ego i wypieranie swoich zalet i wad, które wymagają przepracowania. Jeśli ktoś Ci powie: „Jesteś leniwy i agresywny wobec własnych dzieci", znajdziesz na to wiele usprawiedliwień i zaprzeczeń. Umysł broni się i uniemożliwia Ci zobaczenie prawdy o sobie. Ale jeśli to samo przedstawię Ci za pomocą zwierzęcia, Twoja uwaga skieruje się na inną postać. Wtedy, pomimo że możesz być świadomy, że dane zwierzę ukazuje Ciebie samego, to i tak Twoje emocje są wyłączone. Dzieje się tak, jeśli swoje wady widzisz w czarnej pumie lub leniwym lwie. Bo patrzysz na te zwierzęta – swoje alter ego – przez serce, bez oceniania i emocji. Czystą Świadomością. Czujesz je w sobie dzięki dziewiczemu połączeniu, wolnemu od programów. Jest to połączenie Miłością, z dawien dawna, kiedy człowiek rozmawiał z naturą i komunikował się z nią, na tej samej wibracji miłości. Tak właśnie działają Zwierzęta Mocy, które prowadzą mnie na ścieżce szamańskiej i wspierają w pomaganiu innym w procesie przebudzenia.

Praca ze Zwierzętami Mocy to bardzo stara metoda szamańska, praktykowana przez wiele ludów. Bazuje na miłości do natury i na jedności człowieka z każdą istotą, żyjącą na Ziemi. Ta metoda terapeutyczna zdaje egzamin wśród ludzi wrażliwych na piękno natury, których serca – choć czasem jeszcze zamknięte na wiele prawd o sobie – otwierają się, gdy widzą baraszkujące kociaki, śpiącego niedźwiedzia albo wyjącego wilka. Czasami po prostu odżywają podczas spaceru w lesie, bo potrafią całym sobą wyczuwać jego kojące wibracje. Trudno im to nazwać, ale czują, że działa. Kontakt ze Zwierzętami

Mocy budzi Twoją naturę, tę najprawdziwszą, dziewiczą, dziką i czystą. To, co masz w sercu, głęboko tam schowane lub wyparte. Dlatego Zwierzęta Mocy mają taką siłę działania, bo wchodzą w pole serca cicho jak Kot, sprytnie jak Lisica, by – bez dotykania bolących emocji – ukoić, uświadomić i dać siłę.

Zwierzęta Mocy nie tylko pokazują nasz cień i blask, inaczej mówiąc wady i potencjał naszej osobowości. Są metaforą pewnych etapów w życiu, a raczej poziomu naszej świadomości w danym momencie. Pokazują, co jeszcze mamy do przepracowania, by wejść na wyższe pokłady widzenia i rozumienia rzeczywistości i sensu swojego istnienia. Widząc w sobie Wilczycę lub Czarną Panterę wiemy, jaka cecha daje nam siłę, a jaka sprowadza nas na niskie wibracje. Z taką świadomością łatwiej nam przejść dany proces, w którym jesteśmy. Niezależnie od narzędzi i metod, z pełnego wachlarza działań w zakresie rozwoju duchowego.

Zwierzęta Mocy, jako jedna z szamańskich metod uzdrawiania, przepięknie łączą się z procesem czyszczenia Rodu. Ponieważ czyszczenie Rodu, to nawiązanie kontaktu z Przodkami i Przodkiniami, z którymi dzielisz nić własnego losu. To jeden Duch Człowieka. To, co u nich kulało w życiu, może też Tobie przynosić ciężary. Dzięki czyszczeniu Rodu, czyli naszych relacji z bliskimi, a także z samym sobą, powodujemy, że ta rodowa nić oczyszcza się i staje się świetlista, wypełniona tym, co najważniejsze – Miłością, Przebaczeniem, Wsparciem, Radością. Dokonuje się przez przepływ mądrości Przodków przez Twoją Duszę i Serce. W tym także pomagają Zwierzęta Mocy. Dlaczego? Bo one też są naszymi Przodkami, tak jak rośliny, kamienie, drzewa. Przechowują skrupulatnie mądrość i prowadzą nas do jej uświadomienia sobie. Przepięknie obrazują konkretne linie rodowe, czyli energię żeńską i męską w Tobie. Pokazują cechy i zachowania, które nie pozwalają Ci żyć pełnią życia, pełnią Miłości – do siebie, bliskich, braci i sióstr. Zwierzęta Mocy wspierają i przeprowadzają przez ten proces. O tym, w jaki sposób, opowie ta książka. Poda wskazówki i gotowe medytacje.

Skupię się w niej na wybranych etapach rozwoju świadomości kobiecości. Dzięki Czarnej Panterze lub Ćmie przedstawię powszechne programy, w których zamknięte zostały kobiety, a mężczyźni – mając do czynienia z takimi kobietami – karmią się w swoim życiu ich obrazem i kontynuują ich program na co dzień. Potem, przez Wilczycę, Lisicę czy Sowę, poprowadzę Cię ku odnalezieniu własnej dzikiej natury, oczyszczeniu linii żeńskiej i męskiej, aż po odkrycie własnego potencjału i otwarcia się na kreację. Dokonamy tego wspólnie dzięki Zwierzętom Mocy, które na swoim przykładzie pokażą, gdzie leży istota Twojego istnienia. Z tą świadomością poznasz prawdę o sobie oraz odzyskasz wolność i moc, a przede wszystkim, zaakceptujesz i ukochasz siebie. Przez całkowitą akceptację siebie zrobisz wszystko, czego zapragniesz. Otworzysz się w końcu na własną boskość i kreatorkę siebie samej. Połączysz się z wewnętrznym dzieckiem, które z zachwytem i ciekawością eksploruje Wszechświat. Weźmiesz świat w swoje ręce.

IV

Kiedyś każdy był szamanem

Wyobraź sobie czasy na Ziemi, kiedy planeta była dziewicza, a człowiek czuł się jej częścią. Czuł miłość i szacunek do każdej istoty, a każda istota kochała i szanowała go. W tamtym czasie komunikacja ludzi z drzewami, zwierzętami i żywiołami odbywała się na poziomie serca.. Człowiek dbał o nie, kierując się własną intuicją. Kontaktował się też bezpośrednio ze swoją Duszą przez serce. Na tym właśnie polega szamanizm.

Szaman odczuwa naturę sercem. Odbiera jej wibracje, czuje wsparcie i moc. Przez serce właśnie odczytuje informacje od roślin i zwierząt. W ten sposób komunikuje się z duchami poszczególnych gatunków. Na tym również polega jego kontakt ze Zwierzętami Mocy. To powszechna praktyka szamańska, którą może stosować każdy, kto jest blisko natury, kocha ją i wspiera. Jak się otworzyć na nią? Idź do lasu, na łąkę i postaraj się chłonąć wszystkimi zmysłami otaczającą Cię zieleń. Spijaj wszystkie dźwięki, jak szum drzew i śpiew ptaków, poczuj zapach igliwia lub mokrego mchu. Poczuj na skórze leśne powietrze lub łąkową trawę. Postaraj karmić się tym naturalnym środowiskiem całą sobą. Przytulaj się do drzew, chodź boso po trawie, zjedz listek mięty rosnący gdzieś przy strumyku, oparz się pokrzywą, by poczuć ją na skórze. Wchłoń w siebie naturę jak najmocniej, aż poczujesz, że jesteś jej częścią, że jesteście jednością. Bądź wdzięczna za każdy jej przejaw, który odbierasz zmysłami i całą sobą. Odkryjesz wtedy połączenie, swoją szamańską mądrość z czasów, gdy człowiek czuł się częścią natury, jak najmniejszy żuczek lub źdźbło trawy. Zobacz, jak szybko przyjdą wtedy do Ciebie w odpowiedzi na zadane pytania, jak pewne sprawy ułożą się w Twojej głowie i sercu samoistnie, jak uczucia i wibracje poszybują wysoko. To jest szamańska magia Natury, Matki Ziemi, której możesz doświadczać za darmo, w każdym momencie, kiedy tylko tego zapragniesz. Wystarczy, że otworzysz się na nią, a zakwitnie Twoja własna natura kobiecości.

Podobnie dzieje się w przypadku Zwierząt Mocy. To nic innego, jak naturalne emanacje ich jakości, mocy i zalet, z których możesz na co dzień korzystać. To połączenie ich Ducha z Twoim. Możesz karmić się ich energią według własnych potrzeb, emanować spokojem Czapli czy odwagą Wilczycy. Niektóre zwierzęta uczą nas mądrości, inne cierpliwości, a jeszcze inne odwagi, by zawalczyć o swoją wolność. Poprzez kontakt z nimi, karmiąc się ich odgłosami, obrazami, opowieściami, sama wypełniasz się ich cechami charakteru, ich zwierzęcą energią, której w danym momencie życia potrzebujesz.

Zapytasz pewnie, jak się z nimi skontaktować. Szamańskie widzenie świata jest możliwe, gdy puścisz kontrolę. Wyrzucenie z umysłu harmonogramów, planów, oczekiwań (swoich i innych), otwiera Twoje serce i uczucia na naturalny bieg rzeczy. Wtedy wszystko zaczyna płynąć zgodnie z rytmem Królestwa Natury, a Ty obserwujesz to z zaciekawieniem, wyciągając z tej obserwacji odpowiednią mądrość i naukę. Kiedy tego doświadczysz, powoli zaczniesz przekierowywać energię tam, gdzie potrzebujesz, aby wzmocnić proces uzdrowienia w danym miejscu lub wyciszyć smutki w konkretnej kwestii. Wystarczy Twoja decyzja, a narzędzia i okoliczności, by tego dokonać, pojawiają się przy Tobie. Wystarczy je dostrzec i wykorzystać. Mądrość ta przychodzi intuicyjnie, jak szept Przodków czy wołanie Zwierząt Mocy, a może nawet innych, świetlistych istot.

Każdy z nas ma swoje zwierzęta urodzeniowe, które towarzyszą Ci przez całe ziemskie życie. To piątka zwierząt, która reprezentuje pięć żywiołów. To z nich złożona jest zarówno Twoja, jak i każda Dusza na Ziemi. By ten krąg działał harmonijnie trzeba go wypełnić Miłością bezwarunkową. To magiczny eliksir, który naprawia wszelkie dysproporcje. W ciągu życia przychodzą do Ciebie i prowadzą Cię zwierzęta, które pojawiają się jakby na konkretną misję, zadanie. Powiedzmy, że musisz poradzić sobie z brakiem dostępu do swojej intuicji. Wtedy pojawia się w Twoim życiu Wilczyca, która krok po kroku uczy Cię metod i sposobów na ponowne połączenie się z Intuicją. A może masz problem z cieszeniem się z życia, bo wciąż wyszukujesz spraw, którymi dobrze jest się zamartwiać. W takim momencie przyjdzie o Ciebie Delfin lub Wiewiórka, by pokazać radość z najmniejszych elementów Twojego dnia. Te zwierzęta będą przychodzić do Ciebie tak długo, jak długo będziesz tę lekcję odrabiać. Mogą przychodzić w snach, w muzyce z wyciem wilków, w obrazach w telewizji, plakatach reklamowych, w opowieściach znajomych. Mogą odwiedzić Cię, kiedy medytujesz. Gdy już przepracujesz temat, zadowolone pójdą do swojej krainy, a ich miejsce zajmie inne zwierzę z nową lekcją o Tobie.

Łączysz się ze Zwierzętami Mocy za pomocą żywiołów. Zwierzęta Białe to obraz Twojej Świadomości. Łączysz się wtedy z Duchem danego zwierzęcia na czystych wibracjach świadomości. Twój Duch i jego Duch wymieniają się doświadczeniem i wiedzą na konkretny temat. To mogą być zwierzęta polarne jak Biały Lis, Wilk czy Niedźwiedź, ale też Biały Jeleń. Zwierzęta Mocy bowiem mogą zmieniać kolory w zależności od żywiołu, który reprezentują.

Zwierzęta Ognia to zwierzęta ogniste, złote, rude jak Lisica, Wiewiórka, Lew czy Smok. Te dają Ci głos i moc wyrażania siebie, więc jeśli czujesz, że masz z tym problem zawołaj do siebie Zwierzęta Ognia, a przyjdzie to, które jest najbliższe Twojemu sercu. To energia działania z potrzeby serca, która przepycha wszelkie blokady położone na Twojej mocy sprawczej. To grupa zwierząt, które oczyszczają w ogniu to, co niepotrzebne i ogrzewają światłem uzdrowione miejsca.

Zwierzęta Wody to wsparcie dla Twoich snów, pamięci i mądrości przekazywanej przez Przodków. Pomagają spokojnie pływać po wodach emocji, uspokajać burze i wpływać głębiej, gdzie zawsze jest spokój, mimo huraganu na poziomie fal. To może być Foka, ale i Wieloryb czy baśniowa Syrena, która zaprowadzi Cię do seksualnych stref kobiecości.

Zwierzęta Ziemi to przyjaciele i obrońcy w tej gęstości ciała. Pomagają Ci połączyć się z Królestwem Natury, zadbać o ciało i swoją strukturę. Pokazują relacje i rodowe blokady. To łącznicy z szamanami i Przodkami. Nauczyciele magii rodowej.

Zwierzęta Powietrza z kolei to królestwo mądrości, królestwo z chmur i piór, gdzie świadomość szybuje wolna od emocji i codzienności. Skrzydlate zwierzęta zawsze zanoszą Cię w górę, byś spojrzała na wszystko z innej perspektywy. Dosłownie z lotu ptaka, gdzie wszystko jest prostsze i bardziej klarowne. Często zanoszą Cię w miejsca w czasie i przestrzeni, gdzie masz coś do przepracowania – konkretna inkarnacja, wyjątkowe wspomnienie, miejsce mocy.

Zwierzęta pięciu żywiołów współpracują ze sobą, wzmacniają się lub osłabiają nawzajem w zależności od celu, jaki im w danym momencie przyświeca. To Ty dajesz im intencję swoją prośbą lub pytaniem i współgrasz z nimi, by żywioły w Tobie ułożyły się zgodnie z Twoją potrzebą.

By pracować ze Zwierzętami Mocy trzeba je szanować w prostocie swojego serca. Nie chodzi tu o bałwochwalcze klękanie i oddawanie czci. Prawdziwy szacunek z serca to dbanie o środowisko, dieta bezmięsna, ale i dokarmianie bezdomnych kotów, przytulenie psa sąsiada, karmienie zimą łabędzi. Tego nie da się oszukać. Zwierzęta są istotami bezpośrednio połączonymi z Naturą i Kosmosem, od których zablokowani cywilizacją ludzie mogą się wiele nauczyć.

Jeśli któreś zwierzę jest Ci bliskie, otaczaj się jego obecnością, oglądaj zdjęcia z jego wizerunkiem, zbieraj pióra, jeśli to jest ptak, słuchaj medytacji z wyciem wilków lub śpiewem wielorybów, jeśli to te zwierzęta Cię prowadzą. Otul się ich jakością, by poczuć ich bliskość poprzez dźwięk, strukturę, kolor. Każdym zmysłem, w każdym wymiarze, przestrzeni i czasie, by poczuć jedność z ich energią. Tak, jak zrobiłaś to w przypadku lasu. Bo kontakt ze Zwierzętami Mocy idzie wyłącznie przez serce.

Zaczynając medytację, wyraź intencję, by spotkać się ze Zwierzętami Mocy. Zobacz, które z nich pojawiło się w Twojej wyobraźni, w Duszy, w sercu. Każdego z nas prowadzą konkretne zwierzęta. Jedno z nich może być bardziej obecne, intensywniej się z nami komunikować. To znak, że właśnie jego moce są Ci w tym momencie najbardziej potrzebne do życia albo musisz przepracować w sobie wady, które to zwierzę w Tobie reprezentuje.

Ale pamiętaj. Zanim połączysz się ze Zwierzętami Mocy, puść wszelkie oczekiwania. Możesz w głębi Duszy chcieć mieć za opiekuna dostojną Lwicę, a nieoczekiwanie przyjdzie do Ciebie Mysz lub Ważka. Pamiętaj, że nie w rozmiarze tkwi moc zwierzęcia, a w jego cechach charakteru. Mysz, choć mała i niepozorna, wyróżnia się płodnością (karmi sobą większość drapieżników), jest samowystarczalna i bardzo gospodarna. Najważniejsza jest prawda przy tym spotkaniu i taką miej intencję.

Zwierzęta Mocy mogą do nas przyjść od strony blasku lub cienia, to od nas zależy, jak się przedstawią. Są metaforą naszych emocji, uczuć, struktury duchowej, wibracji, w jakich działamy. Nie martw się, że zwierzę przyszło do Ciebie z cienia. To znak, że przeprowadzi Cię przez potrzebną lekcję i dzięki niemu poradzisz sobie z jakąś cechą, od której warto, żebyś się w końcu uwolniła. To może być np. Lew. Jeśli przyjdzie zaspany lub znudzony to znak, że musisz zmierzyć się ze swoim lenistwem. Gdy Czarna Pantera zachowuje się w wizji agresywnie warto zastanowić się nad stanem swojej żeńskiej energii, czy przypadkiem nie korzystasz z niej w niewłaściwy sposób. Jeśli przepracujesz te cechy zarówno w zwierzętach, jak i w sobie, zaczniesz czerpać z ich blasku. Twój Lew z leniwego stanie się słonecznie sprawczy, a Pantera nada Ci kocich ruchów i rozbudzi świadomą kobiecość za pomocą swojego mądrego spojrzenia i fizycznego wręcz poczucia centrum w sobie. Każde bowiem Zwierzę Mocy ma w sobie dwa aspekty i od Ciebie zależy, a raczej od Twojej kondycji emocjonalnej, z jakiej strony do Ciebie przyjdzie. Z cienia czy blasku. To żaden wstyd mieć Lwa czy Mysz z cienia. Bo uświadomienie sobie tego cienia daje siłę do zmiany, oczyszczenia i przejścia na stronę blasku. A kiedy w danym momencie znowu się pojawi będzie to dla Ciebie ostrzeżenie i prośba o uważność w danej sytuacji. W ten sposób zwierzę z cienia alarmuje byś zauważyła swój cień lub jego ryzyko już na samym początku procesu. To bardzo pomocne.

Ze Zwierzętami Mocy komunikujesz się intuicją. Jeśli widzisz w wizji jakieś zwierzę, idź za nim, poruszaj się tak jak on, postaraj się przeniknąć go, być nim. Wtedy poczujesz jego emocje i stan ducha. Poczujesz, jakie blokady w sobie nosi i znajdziesz rozwiązanie, jak mu pomóc. Nie musisz znać jego symboliki, żeby odczytać, co dane zwierzę chce Ci powiedzieć. Wystarczy, że staniesz się nim na chwilę w swojej wyobraźni i poczujesz jego energię całą sobą, jakbyś weszła w jego skórę. Wystarczy Twoja decyzja i potrzeba uświadomiona w przestrzeni Serca.

Ze Zwierzętami Mocy można się kontaktować i otrzymywać od nich wskazówki na co dzień. Wystarczy, że zadasz im pytanie, poprosisz je o wsparcie w jakiejś intencji. Gdy wypowiesz to słowami lub w głębi siebie, otwórz się od razu na znaki. Może w rozmowie z przyjaciółką pojawi się jakaś historia związana z konkretnym zwierzęciem.

Albo przejedzie obok Ciebie autobus z reklamą, na której Puma szykuje się do skoku lub Delfin wyskakuje z wody. To może być zabawna bluza przechodzącego obok przechodnia z wilkiem na przedzie lub z uszami niedźwiedzia na kapturze. To może być także motyl, który dziwnym trafem pojawi się w Twoim biurze i to zimą. To wszystko są znaki i odpowiedzi na Twoje pytania. Bo Zwierzęta Mocy są wokół nas zawsze, wystarczy je dostrzec. Interpretacja tych znaków to już Twoje zadanie. Ale nie martw się, odbierzesz te informacje zgodnie ze swoim otwartym na to sercem. Zauważ je tylko, a odpowiedzi przyjdą same. Zwierzęta Mocy przychodzą też w snach i tam zostawiają Ci dużo informacji. Sen to przestrzeń, gdzie również możesz działać, jeśli tylko zechcesz i nieco poćwiczysz. Zatem poproś przed snem o spotkanie ze Zwierzętami Mocy w tamtej przestrzeni i spróbuj zapamiętać sen.

Pamiętaj też, że sama jesteś Zwierzęciem Mocy. Są też nimi ludzie, którzy towarzyszą Ci w życiu i dzielą się z Tobą swoją energią. Człowiek jest przecież częścią Królestwa Natury. Z przyjemnością wspominam jeden dzień, kiedy pracowałam w kawiarni nad oceanem. Dzień był smutny, deszczowy. Wspólnie z właścicielem kawiarni mieliśmy trudności, by zrobić cokolwiek konstruktywnego. Po jakimś czasie przyszła dziewczyna, która miała nam pomóc tego dnia w pracy. Jej ognista fryzura i energiczne ruchy, donośny głos dosłownie przebudziły nas z letargu. Zarządziła generalne sprzątanie, ustawiła inaczej stoły, opowiedziała parę anegdot, a jej śmiech ogarnął całą przestrzeń. Zaczęłam oddychać pełną piersią, automatycznie wypełniłam się energią do działania, a w głowie myśli nabrały jaśniejszych kolorów. Patrzyłam na dziewczynę pełna podziwu, widząc w niej energię Lisicy, która emanuje ogniem i życiową energią.

Zrób sobie taką zabawę. Obserwuj ludzi, swoich znajomych lub osoby siedzące razem z Tobą w kawiarni lub na pracowniczym zebraniu. Przyglądaj się im i spróbuj wychwycić w nich cechy konkretnych zwierząt. Może ruchy danej osoby przypominają Ci leniwca albo wyraz oczu kojarzy Ci się ze spojrzeniem psa? Idź dalej i spróbuj poczuć, dzięki porównaniom ze Zwierzętami Mocy, energię obserwowanego człowieka. Czerp z tego radość, ale i wyciągaj wnioski na swój temat.

Praca ze Zwierzętami Mocy szybko przekłada się na plan ciała i materii. Jeśli Twoje Zwierzę Mocy przyszło do Ciebie, byś oswobodziła mu gardło, to znak, że Twoja czakra komunikacji wymaga oczyszczenia. Pomyśl, co takiego masz w gardle, co nie pozwala Ci wyrażać siebie, kiedy podczas wizji uwalniasz wilka z gałęzi zaplątanej wokół szyi. Jeśli w wizji poradzisz sobie z tą blokadą, zniknie ona również z poziomu Twojego ciała i innych wymiarów Twojej rzeczywistości. Kiedy uświadomisz sobie jej obecność i przyczynę, poznasz rozwiązanie.

Przyszedł czas, byś świadomie spotkała się z własnym „ja" – Kobietą w sobie. Dzięki naturalnym, dziewiczym energiom lasu, zwierząt czy roślin, oczyścisz się z cywilizacyjnych naleciałości chorób umysłu, by odbierać siebie i świat czystym sercem, ciałem i jasną myślą. Tak jak kiedyś, gdy człowiek rozmawiał z Królestwem Natury sercem. Zrób pierwszy krok, jestem z Tobą, podobnie jak i Zwierzęta Mocy. Jesteśmy jednością, zrobimy to razem.

ETAPY ŚWIADOMEJ KOBIECOŚCI

Jesteś kobietą. Stań przed sobą w prawdzie, przejrzyj się w lustrze. Niech w tej chwili nic nie przeszkadza Ci w tej rozmowie z sobą. Jesteś. Po prostu. Ta książka, to Twoje lustro. Przejrzyj się w nim i znajdź te odbicia, które chcesz zmazać. Znajdź te kryształki lodu, które chcesz wypłakać ze swoich oczu. Zaczniemy od tych najtrudniejszych odbić w lustrze, potem będzie coraz łatwiej. Spójrz ponownie, by zobaczyć wreszcie moce, które masz w sobie, w sercu i swojej kobiecej naturze. Potrafisz. Wspierają Cię w tym Zwierzęta Mocy swoją Miłością i wiarą. Możesz wszystko.

I

Jaskółka

Wyobraź sobie, że stoisz przed swoim wymarzonym domem, we własnym magicznym ogrodzie lub sadzie z owocowymi drzewami. Zadzierasz do góry głowę i wpatrujesz się w latającą nad głową jaskółkę. Mała, okrągła główka, duże, jak na jej rozmiar, skrzydła, charakterystyczny ogon. Jaskółka bardzo dużo czasu spędza w powietrzu, do tego stopnia, że jej skrzydła są mocne, wytrenowane lataniem, a nogi słabe, ponieważ rzadko z nich korzysta. Nawet poluje w powietrzu, łapiąc przelatujące owady.

Jej skierowanie na niebo, nawet jej kolor upierzenia, symbolizują zakonnicę. Jaskółka jest właśnie totemem kobiecości zamkniętej w celi własnej niewiary w siebie, strachu oraz niewłaściwie pojętej służby i pokory. Bierze na siebie ciężary innych i niesie je za nich na swoich skrzydłach. Nastawiona na odbieranie sobie wszystkiego, co ma: własnej mocy, miłości, życia, kreacji. Jaskółka nie jest jedynie totemem kobiety, która wybrała życie zakonne. Wiele kobiet, które fizycznie nie zamknęły się za murami wspólnoty, przyjmuje w swoim życiu typowo zakonne śluby, rezygnując z radości, jaką daje życie w pełni i wolności. Jaskółka pokaże Ci wiele aspektów kobiety-zakonnicy. Może odnajdziesz ją w sobie, częściowo lub w całości, i uświadomisz sobie drogę, którą do tej pory szłaś. Potem zdecydujesz, czy ona jest bliska Twojemu sercu i czy nadal chcesz nią podążać.

Cnota

Kobietę Jaskółkę zniewalają trzy typy ślubów, którym poświęca się w całości: śluby cnoty, ubóstwa, milczenia. Zacznijmy więc od ślubów cnoty. Kobieta Jaskółka w bardzo rygorystyczny sposób odcina się od swojej seksualności. Zaprogramowana doktrynami przekonań, w swojej seksualności widzi jedynie źródło grzechu i wstydu. Wstydzi się swojego ciała, pięknych, długich, lśniących włosów, szerokich bioder i pełnych piersi. Chowa je przed sobą samą, myśląc, że to, co wstydliwe, należy skrywać pod habitem. Kobieta Jaskółka w żaden sposób nie podkreśla swoich cielesnych atutów kobiecości – ani ubraniem, ani makijażem, ani odważnym, miękkim krokiem. Jakikolwiek dotyk mężczyzny jest w jej oczach brudny i grzeszny. Wkręcona w doktryny wierzy, że uprawianie seksu, miłość cielesna nie przystoi, plami. Najważniejsza jest czystość i niepokalanie, cokolwiek to znaczy. Jaskółka odcina się w ten sposób od jednej z najpotężniejszych metod generowania energii miłości i ludzkiej mocy – energii kundalini, która jest ogniem, motorem kreacji. Jaskółka odbiera sobie w ten sposób pasję i namiętność.

Zaobserwuj siebie, gdy jesteś blisko mężczyzny, który powoduje, że czujesz w całym ciele gorący przypływ namiętności. To może być realna osoba lub wyimaginowany mężczyzna ze snów. To uczucie wzbiera w Tobie do tego stopnia, że masz ochotę krzyczeć, ale na zewnątrz mocno trzymasz na wodzy emocje, uczucia i ciało. Walka blokady z wewnętrznym instynktem jest tak silna, że Twoje ruchy stają się kwadratowe, jakby drewniane, a z ust nie może nic wypłynąć. Zamykasz się mocno na swój zew natury, bo tak nie wypada, bo co powiedzą inni, bo jak to będzie wyglądało. To nieprzyzwoite – szepczą Ci głosy w głowie, ale ciało i Twoja energia bogini wie, czego potrzebuje. Nie poznajesz siebie i tak mocno zamykasz w sobie, że mężczyzna, który tak na Ciebie działa, widzi z zewnątrz oziębłą istotę, z którą nie może zamienić słowa. Przez odcięcie od swojej seksualności, Jaskółka sama podcina sobie korzenie i oddala się od człowieczej natury, fruwając w niebiańskich krainach w poszukiwaniu Boga. W głębi serca usycha, nie widząc radości na tym świecie. I robi to z wyboru, wybierając smutek, przyzwoitość i szarą jak habit pokorę. Zabiera sobie prawo do kochania pełnią siebie, również ciałem, każdą jego cząstką, by poczuć ogień Ziemi, z wnętrza macicy.

Do programów dochodzi jeszcze umoralniająca rola społeczeństwa, które akt seksualny traktuje jak tabu. Dulszczyzna, sztuczna przyzwoitość, ograniczają ludzką potrzebę kochania i doświadczania miłosnego dotyku jedynie do kopulacji w celu płodzenia dzieci. Jednak te blokady i zakazy sprawiają odwrotny skutek. Tak mocno zablokowani względem własnej seksualności, idziemy czasem w mroczny świat seksu, zgadzając się na prostytucję i wykorzystanie seksualne jako oprawca lub ofiara. Przekraczanie granic ciała i dobra w kwestii seksualności, buduje w nas traumy i kolejne blokady na przyjmowanie miłosnego dotyku z radością i namiętnością, a nawet duchowym namaszczeniem, nie bogobojnym, a pełnym zaufania w naturalną mądrość i dobro człowieka.

Odbierając sobie prawo do wyrażania własnej seksualności, Jaskółka gasi w sobie ogień życia. Ten zew natury, któremu pierwotne plemiona – w tym Słowianie

– oddawali cześć, widząc w nim źródło życia i ludzkiej mocy. Wychowana w strachu Jaskółka, nie ma niestety połączenia z tą mądrością. Uwierzyła, że jest puchem marnym i urodziła się już z grzechem, za który trzeba ponieść karę lub umartwiać się, by się od niego uwolnić. Uwierzyła w zło w sobie. Już sam akt narodzin niesie dla niej piętno grzechu i niedoskonałość rodu ludzkiego. Dalej jest jeszcze gorzej. Bezustanne poczucie winy wpływa na jej relację z ojcem. Jaskółka od dziecka poznaje na katechezach ojca – Boga Wszechmogącego, który wszystko wie, który obserwuje, czy jest posłuszna, a każda jej grzeszna myśl jest przez niego zapamiętana. Jest daleki i srogi, a każdy ruch Jaskółki może wpłynąć na jego zagniewanie. Dlatego tak mocno sparaliżowane jest u Jaskółki działanie. Boi się zrobić coś sama z siebie, bojąc się potencjalnej kary, uwagi, oceny. Taki obraz Boga kładzie się dużym cieniem na wyobrażenie ojca w sercu małej dziewczynki, która stawia siebie bardzo nisko w tej relacji, wywyższając do granic możliwości zimnego Boga, bądź niedostępnego ojca. Wzór pokornego poniżania się, padanie na kolana ze słowami „moja wina" wbijanymi do piersi, karmi młodą Jaskółkę najniższymi wibracjami: „Jestem niegodna, nie należy mi się, nie zasługuję, przepraszam, że żyję. Zrobię wszystko, byś był szczęśliwy i zadowolony ze mnie". Jaskółka stawia siebie najniżej w tej relacji, dając prawo do nadwyrężania siebie i zabierania energii życiowej. Oddaje się w ofierze.

Jako Jaskółka masz w swoim sercu obraz mężczyzny z mroku. Jawi się jako istota, która przynosi strach, niepokój, niepewność, spadek wibracji, poczucie winy. Jego obraz i energia w Tobie, zabiera Ci cały potencjał. Jesteś jak sparaliżowana, bez skrzydeł, za pomocą których możesz polecieć. Jednak to jest tylko wyobrażenie, które masz w sercu nakarmionym takimi myślami, doświadczeniami, chorymi emocjami. Mężczyzna w Twojej świadomości jawi się jako zagrożenie i przeszkoda w swobodnym wyrażaniu siebie. Ale nie martw się, to tylko strach w Twojej głowie. Jaskółka ma predyspozycje, by się temu poddać i podporządkować, ponieważ myśli, że cała boskość i mądrość jest w mężczyźnie, a nie w niej. Służbą i rezygnacją z siebie przyjmuje jego prawdę jako własną: prawdę o nim, o sobie i o ich wzajemnej relacji. Mężczyzna jest jak Kruk, błyszczący swoją czernią i tajemnicą, ma w sobie dużo mądrości i inspiracji, a także dobra, podobnie, jak Ty. Zobacz, do jakich poświęceń i wspaniałomyślności jesteś skłonna, by sprostać jego wymaganiom, jak dużo z siebie dajesz dla jego dobrego samopoczucia, jakiej mocy i siły to od Ciebie wymaga i jak wiele potrafisz.

Teraz tę moc i samozaparcie skieruj w nową stronę, by uwolnić się od wzorca służebnicy, tej gorszej, słuchającej każdej jego woli. Masz siłę, by przeciwstawić się temu obrazowi mężczyzny w sobie, programowi strachu, którym zostałaś nakarmiona. Podejdź do Kruka z odwagą i delikatnością, zauważ, że jest spokojny i wpatruje się w Ciebie z uwagą. Nie ma w nim złości ani gotowych komentarzy, on czeka na Twój ruch. Poczuj, co chcesz mu powiedzieć, co tak dawno trzymasz w głębi siebie, czego nie chcesz wyjawić nawet sobie. To przede wszystkim pragnienie Miłości, okazania bezwarunkowej Miłości w stosunku do Ciebie. Jeśli Ty przestaniesz się go bać i trzymać na cokole, jak kogoś lepszego od siebie, on też przestanie się Ciebie bać i umniejszać Twoje „ja". Daj sobie prawo do działania. Nie słuchaj głosów z zewnątrz, do których tak się przyzwyczaiłaś, które utorowały Ci drogę, po której już nie chcesz kroczyć. Zatrzymaj się, rozejrzyj się, gdzie jest to, do czego chcesz dążyć. Gdzie jest prawda o Tobie? Nie daj się już mamić czarnymi skrzydłami i mrokiem, jakiego doświadczyłaś z rąk męskiej energii, to tylko iluzja. W mężczyznach jest wiele dobroci i delikatności, spokoju drzew i siły natury. Są równie wrażliwi jak Ty, ale tak samo zastraszeni. Tak bardzo zwalczają kobiety, ponieważ się ich boją. Przede wszystkim boją się mocy i piękna kobiet, które wzbudzają w nich ich pierwotną siłę. Odbierają ją sobie sami z powodu lęku i karmią w ten sposób ego. Są jak ołowiane żołnierzyki stworzone przez kogoś innego niż oni sami. Działają programami, które są w ich umysłach. Nakarmieni legendami o złych czarownicach i urokach rzucanych przez kobiety, są również ofiarami nieprawdziwego obrazu kobiety. Razem możecie się z tego wyzwolić. Wystarczy Twoja decyzja, by spotykać na drodze takich mężczyzn, którzy budzą się ze snu, podobnie jak Ty. On może obudzić się w Twoim ojcu, partnerze, bracie albo nowo napotkanym mężczyźnie, wystarczy taka intencja. Wyślij do nich Miłość pochodzącą z siły, a nie poddaństwa, nie wielbiąc ze strachu, a kochając. Zobacz w każdym mężczyźnie magicznego Kruka o solarnej energii, który wlewa w Ciebie złoty promień boskości, ciepło słońca, jego energię życia. On ma to w sobie tak, jak Ty. Nie zapominaj o tym i szukaj blasku w mężczyźnie, a zobaczysz, jak jego obraz diametralnie zmieni się w Tobie a razem z nim i on sam. Wystarczy proste ćwiczenie. Patrząc na mężczyznę, spróbuj zobaczyć w nim dobrego człowieka, przestań się go bać, wyjmij z tego obrazu tylko to, co Ci służy i karmi dobrem. To Ty tworzysz mężczyzn wokół siebie, swoimi emocjami i myślami na ich temat. Pielęgnuj dobre wspomnienia, kreuj dobre cechy, które wspierają Cię i dają siłę. Zaufaj, razem zmienimy ten obraz, który mówi o nas samych.

Nie czekaj, aż on zrobi to za Ciebie. Czekanie nie jest dobrym rozwiązaniem. To tak, jakbyś oddawała swoje sprawcze siły jemu, a przecież sama możesz zawalczyć o realizację swoich marzeń. Czy to jest dziecko, zdrowie czy cokolwiek innego, Twoja kreacja. Nie oddawaj innym mocy sprawczej i decydowania o Twoim życiu. Jeśli czegoś pragniesz, nie czekaj, aż ktoś przyniesie Ci to na tacy. Idź i znajdź to, wykreuj, stwórz. Odczaruj czarnego kruka w swoim sercu. Jesteście równi, w niczym on nie jest lepszy czy gorszy od Ciebie. Wyobraź sobie, że istniejecie na tej samej płaszczyźnie wibracji serca, gdzie nie ma porównań i hierarchii. Istnieje tylko Miłość i Zaufanie.

Jaskółka bardzo często jest niewolnicą reguł i zasad. Wszelkie regulaminy traktuje nazbyt serio, bojąc się wyjść poza ramy. Nie chodzi tylko o regulaminy prawne, ale wszystkie zasady wprowadzone odgórnie. Jaskółka ogranicza w ten sposób horyzonty swojej własnej kreacji. Zamknięta w klatce zasad, nie jest w stanie wyobrazić sobie życia i podejmowania decyzji w wolności i świadomości siebie. Oddaje decyzyjność o swoim życiu innym. To wygodne, ale zniewalające. Tą klatką jest strefa komfortu, życie, które nam już nie służy i w którym nie ma zmiany. Strefą komfortu może być strach, który usprawiedliwia brak ruchu i działania, wzięcia życia we własne ręce. Strefą komfortu może być przeświadczenie, że życie to ciężki kawałek chleba, przez co nie walczy się o światło i radość na co dzień. Jaskółko, obudź się! To tylko program, który „wgrano" ci, żebyś każdą swoją cząstkę energii oddała innym, a dla siebie nic nie zostawiła. Nikt oprócz Ciebie nie wie, co jest dla Ciebie dobre i czego potrzebujesz do szczęścia. Wsłuchaj się w siebie i tam znajdziesz odpowiedź na każde swoje pytanie. Nie szukaj ich u mędrców, boskich posłańców, szefów, prawników i polityków, sama jesteś Mądrością i Boskością. Jesteś autonomiczną jednostką, która samodzielnie ma kreować własny świat, siebie i otoczenie, jak sama tego chcesz. Wyobraź sobie, że jesteś w pustej, kryształowo czystej, białej przestrzeni. Fruniesz w niej i istniejesz bez żadnych programów. Możesz ją stworzyć na nowo, bez ocen i konsekwencji. Liczy się tylko Twoja kreacja, niezamknięta w żadnych ramach i powinnościach, pochodząca z wolności świadomości. Ciesz się nią i działaj. W tej przestrzeni jesteś Bogiem i Kreatorem, nikt nie ma prawa niczego Ci zakazać ani za coś ukarać. To Twoja przestrzeń. Fruń jak Jaskółka do kryształowej przestrzeni absolutu i stwórz siebie na nowo. Zrzuć habit, poczucie winy i kajdany, zarówno z rąk, jak i umysłu. Fruń wolna, pełna Miłości i mocy tworzenia z własnego serca. Zrób to z odwagą i wolnością. Nie będzie kary, ponieważ nie ma winy. Wina to iluzja, w którą uwierzyłaś. Zaufaj sobie, że jesteś dobra i każde Twoje działanie jest dobre. Jedyną zasadą jest bezwarunkowa Miłość i tylko nią się posilaj.

Ubóstwo

Macierzyństwo Jaskółki wypełnione jest służbą i umartwieniem. W opiece nad dziećmi widzi poświęcenie, które wyraża w każdym momencie zajmowania się dziećmi. Mina pełna cierpienia i wzdychanie ze zmęczenia przy każdej sytuacji. Jaskółka karmi się swoim żalem i umartwieniem, odgrywając rolę cierpiętnicy. Tak lubi, to jej strefa komfortu. Czuje się zauważona, kiedy wypluwa z siebie ostatnie tchnienie. Skupiona na własnej martyrologii, nie kieruje swojej uwagi na sytuacje i chwile, z których może czerpać radość. A przecież z każdej sytuacji można czerpać dobro i radość, wystarczy się na to zdecydować i być konsekwentnym. W macierzyństwie Jaskółka przybiera, niestety, postać matki Polki, która oddaje wszystko dla dobra dzieci. Ale pamiętaj, że dzieci chcą mieć szczęśliwą matkę, bo tylko wtedy same mogą być szczęśliwe. Twoje umartwianie działa na nich jak szantaż emocjonalny – rodzi poczucie winy, że tak dużo dla nich robisz, że są Tobie coś winni. Kontynuujesz w ten sposób karmę, którą sama dostałaś. Cierpienie nie uszlachetnia, to dobro uszlachetnia, również dobro w stosunku do siebie.

Zachowaj harmonię w dawaniu i przyjmowaniu, tylko wtedy energia popłynie. Ma to związek ze ślubami ubóstwa. Jeśli nie dajesz sobie miłości, jak możesz mieć dostatnie życie? Skoro oddajesz każdy kawałek energii innym, jak możesz żyć w obfitości? Jeżeli masz problem z przyjmowaniem pomocy, dobrego słowa, uśmiechu, rady, prezentu, w jaki sposób energia obfitości ma zagościć w Twoim życiu, skoro oddajesz dary przeznaczone dla Ciebie? Jesteś godna wszystkich rzeczy, które są na

Ziemi. Nie musisz zasłużyć na miłość i zapracować na życie, bo jesteś dzieckiem Wszechświata, masz tego w dostatku, wystarczy, żebyś była otwarta na dary i wdzięczna za nie. Wdzięczna zwyczajnie, z uśmiechem i w podskokach radości, nie na kolanach, całując stopy. Wyobraź sobie, że stoisz w pałacu przed suto zastawionym stołem, na którym jest wszystko, czego pragniesz. Twoje marzenia, rozwiązania problemów, miłość osób, które kochasz i których pragniesz. Możesz sięgnąć po wszystko. Jak się czujesz? Jak zachowujesz? Jakie myśli przychodzą Ci do głowy? Czy ograniczasz się? Czy skromnie bierzesz jedną rzecz albo cicho dziękujesz, czując się niezręcznie? Wczuj się mocno w tę sytuację, swoje zachowanie i emocje. Poznasz wtedy, jakie uczucia Tobą kierują, jakie schematy zachowań masz wgrane w umysł, a następnie zmień te, które Ci się nie podobają.

Wmówiono nam, że jako ludzie jesteśmy niedoskonali, w związku z tym nie jesteśmy godni wielu rzeczy. Korzymy się na kolanach przed wyobrażeniem Boga, upokarzając własną ludzką istotę. Gdzie tu jest Miłość? W bezwarunkowej Miłości każdy jest ważny i zasługuje na tyle, ile potrzebuje, bez hierarchii i poddanych. Wszyscy są równi, bo jesteśmy jednością.

Jaskółka wybiera skromne życie i umartwianie się, bo wierzy, że w raju, przez swoją ofiarę na Ziemi, otrzyma wszystko, czego pragnie. Tymczasem raj i piekło to nie są miejsca, gdzie fruniemy po śmierci, to stan naszej Świadomości Tu i Teraz. Umartwiając się i odbierając sobie prawo do życia w pełni, rezygnujemy z tworzenia radosnego, rajskiego rytuału życia. Nie po to zeszliśmy na Ziemię, by tylko czekać, aż ze zmęczenia i smutku znajdziemy się w idyllicznych niebiosach. Niebo sami mamy sobie stworzyć na Ziemi i róbmy to, póki jeszcze tu jesteśmy. Potrzebna jest do tego czysta od programów świadomość i Twoja decyzja, że chcesz się radować pełnią życia i brać garściami z natury, która wokół nas śpiewa i oddycha w obfitości.

Śluby ubóstwa są odbieraniem sobie tego, co natura daje nam na tacy. Odmawiając sobie radości, uśmiechu, relacji z blasku, nie dziw się, że obfitość, również ta finansowa, Cię omija. Jeśli nie czujesz się godna i sama odmawiasz sobie wszystkiego, nigdy nie poczujesz obfitości, bo sama obwieszczasz wobec Wszechświata, że nie jesteś godna. Fałszywa skromność, dla której rezygnujesz z darów: komplementu od dobrego człowieka, czasu dla siebie, odpowiedniej pensji adekwatnej do Twojego wysiłku, oddala Cię od raju w Twojej Świadomości.

Wyobraź sobie teraz Jaskółkę, krążącą nad Twoją głową. Po chwili pojawia się koło niej lśniąca Gołębica. Obydwie biorą Cię w górę i fruniesz z nimi w przestworza, gdzie ukryte jest Twoje życie bez habitu i ślubów. Stajesz tam, na nowej ziemi, w raju. Poczuj jego atmosferę w sobie, gdzie jesteś bezpieczna, wolna i kochana w całości. Możesz robić co tylko chcesz, to nagroda – prezent, którego odmawiałaś sobie przez całe życie. Jak tam jest? Czy anioły fruwają w przestworzach? A może biegasz szczęśliwa po łące? A może to Twoje życie z marzeń. Nie ma ograniczeń i możesz prosić o co chcesz. To Twoje urodziny i bierz do woli, świętuj i raduj się z kimkolwiek chcesz i jak chcesz. Poczuj swoje emocje, uczucia, swoje ciało, siebie w każdym wymiarze raju i stwórz go teraz na Ziemi, swoim działaniem i decyzjami. Swoją Kreacją.

Wpływ energii grzechu na Jaskółkę jest tak mocny, że żyje w ciągłym poczuciu winy. Tak mocno wierzy w karę i konsekwencję swoich czynów, że jest obezwładniona strachem i żadna własna, wolna kreacja nie ma prawa pojawić się u niej. Jest tylko działanie bazujące na strachu: przepraszanie, branie na siebie nie swojej winy, znikanie z pola widzenia, chowanie głowy w piasek lub nadstawianie policzka. Czeka tylko na instrukcje różnych bogów, mniejszych czy większych wszechmogących, by pokazali jej, jak ma żyć. Wciąż przeprasza za swoje istnienie, widząc w sobie jedynie małego robaczka nie wartego ani jednego promienia słońca. Żaden bunt czy własne zdanie, nie mają u niej racji bytu. „Nie jestem godna" – słyszy wciąż od samej siebie, pomniejszając się we własnych oczach.

Jaskółka sama wynajduje sobie sposoby, prace, okoliczności, w których doświadcza trudności i cierpienia, lubi wpisywać martyrologię w swoje dni i czyny. Zastanów się, czy w codziennych obowiązkach i zajęciach nie doszukujesz się źródła smutku i umartwienia? Czy masz pracę, w której doświadczasz upokarzania i wysiłku ponad siły? Czy w relacji z partnerem przyjmujesz rolę służebnicy? Czy grasz rolę matki Polki, która służy w domu wszystkim, nie oczekując pomocy ani wsparcia, odmawiając sobie czasu dla siebie, na swoje pasje? To najczęstsze usprawiedliwienie przed niespełnieniem swoich kreacyjnych marzeń – obowiązek wychowania dzieci i poświęcenie im całego swojego czasu. Ma być ciężko i smutno, do tego Jaskółka jest przyzwyczajona i tym się chełpi na zewnątrz. Szuka za to nagrody w oczach innych, a znajduje pogardę i litość, co jest idealną pożywką dla jej martyrologii.

Kochaj siebie

Jaskółka ma w swoim sercu bardzo dużą blokadę – podstawowy próg, który nie pozwala jej żyć w pełni. To odmawianie sobie miłości do samej siebie. Rozdaje swoją miłość wszem i wobec, każdego ochrania, pociesza, zajmuje się jego sprawami, ale nie znajduje czasu na własne potrzeby. Zajmowanie się sobą, opieka nad własnym ciałem, emocjami, pasjami, wprawia ją w poczucie winy. „Nie jestem godna na dobro w swoim życiu – Jaskółka szepcze sama do siebie. – Nie należy mi się". Nawet jeśli z Wszechświata przychodzą do niej dobre energie, Jaskółka nie chce ich przyjąć, czuje się zażenowana prezentem, niegodna by go przyjąć, szuka od razu osoby, której przyda się to bardziej niż jej. To może być czas spędzony z przyjacielem, pomoc w codziennych czynnościach, pożyczenie książki czy pieniędzy. Jaskółka nie chce zawracać innym głowy swoimi potrzebami, bo sama te potrzeby lekceważy. Czuje, że żyje, kiedy zaharowuje się na śmierć. Ma poczucie, że dobrze wykorzystuje czas, nie dając sobie nic w zamian, ponieważ tak ją nauczono, wytresowano. Zużywa wszystkie pokłady swojej energii, by służyć, ale długo tak nie wytrzyma, odbierając sobie własną energię życiową. Odmawiając sobie prawa do odpoczynku, snu, chwili wytchnienia, okazania sobie miłości – powoli umiera. Z tego rodzą się choroby ciała, choroby Duszy i umieranie. Jak często kładziesz się do łóżka w nocy, nie mając już siły się umyć, zjeść, podnieść ręki? Zasypiasz w głową wypełnioną obowiązkami do wykonania. W takich momentach zwolnij, pomyśl o sobie. Miłość, którą obdarzasz innych, skieruj w swoją stronę. Już dosyć. Zaopiekuj się sobą, inaczej znikniesz.

Tą blokadą jest poczucie winy. Gdy chcesz wyjechać w wymarzoną podróż, na warsztaty, koncert, kiedy chcesz zrobić coś dla siebie – poczuj wtedy, jakie emocje są w Tobie, jakie głosy się w Tobie odzywają. Jakie szepty słyszysz w sercu? „Nie powinnam, nie mogę, to może kogoś urazić" – tymi słowami odbierasz sobie prawo do życia własnym życiem, przedkładasz dobro innych nad własne. Kiedy czegoś pragniesz, słyszysz z zewnątrz słowa bliskich: „Będę się bać o Ciebie. To nie jest czas na taką podróż. Unieszczęśliwisz tym mnie". Chociaż słyszysz je z zewnątrz, jest to odbicie Twoich własnych emocji i myśli. Jeśli masz w sobie poczucie winy, że zajmujesz się spełnianiem własnych potrzeb, zawsze usłyszysz to poczucie winy w słowach innych osób, oni są w tym momencie lustrem Twoich lęków. Tak naprawdę chcesz usłyszeć te słowa, by zatrzymać się w realizacji swoich pragnień. Usprawiedliwiasz znowu swoją rezygnację z siebie i dalej brniesz w służbę innym. Dlaczego spokój rodziców czy partnera jest ważniejszy od Twojego poczucia spełnienia, gdy chcesz wyjechać w podróż życia, zająć się tym, o czym marzysz, zrealizować marzenia? Kiedy uświadomisz sobie ten schemat działania, wówczas zdasz sobie sprawę, że to tylko program i będziesz mieć siłę, by powiedzieć: „Właśnie to zrobię, chcę tego i zawalczę o to. Z głębi sera, bez lęku i poczucia winy, odrzucam stare programy". Wyjdź wtedy naprzeciw własnym pragnieniom. Teraz jest czas na Twoje potrzeby, zrób to z miłością do Siebie i swoich bliskich, bo oni karmią się Twoją siłą, nie używając własnej. Kontrola nad Tobą daje im moc, bo kreują czyjś świat, czują się mocni i boscy w tej kreacji. Niech zaczną kreować własny świat, nie Twój, a też będą wolni, tak jak Ty.

Czyny mówią, co jest dla nas ważne. Jeśli zamiast pisać swoją książkę lub malować obraz albo zajmować się swoim rozwojem, skupiasz się na załatwianiu potrzeb innych – widać w Twoich czynach, co jest dla Ciebie ważne. Odkładanie siebie na później nie ma sensu. Jak często, zamiast zająć się własną kreacją, wolisz zrobić porządek w domu czy popilnować czyjegoś kota? Ten czas już nie wróci, a Ty wciąż będziesz niespełniona.

Jaskółka jest jak osiołek, który dźwiga cudze ciężary. Uwolnij się od nich, oddaj je tym, do których należą, wtedy pofruniesz na spotkanie ze sobą. Biorąc na siebie problemy innych, zabierasz im ich własny rozwój, doświadczenie i mądrość, a sobie zabierasz energię do życia. Jaskółka jest takim zwierzęciem, którego energię spijają wszyscy wokół, bo ona sama na to pozwala.

Egoizm – kluczowe słowo, które Jaskółka pomoże Ci przewartościować. Masz je „wgrane" w swój umysł jako coś złego. Egoista to ktoś, kto nie zwraca uwagi na potrzeby innych, skupiony jest wyłącznie na sobie. Egoizm nie jest taki zły, jak go przedstawiają. Każdy z nas musi być w pewnej mierze egoistą, by z miłością zadbać o siebie, wsłuchiwać się we własną intuicję i myśli, które pochodzą z wnętrza. Egoizm powinien być na tyle mocny, by głosy z zewnątrz, które chcą nas zaprogramować na swoją korzyść, nie miały do nas dostępu. Każdą informację filtrujemy w sobie, we własnym sercu. Jeśli zdrowo ufamy sobie, znamy swoje potrzeby i pragnienia, nie grozi nam manipulacja ze strony innych. Jaskółka, niestety, odrzuca tę zdrową opiekę nad sobą, ponieważ jej wyobrażenie egoizmu – miłości własnej – jest zatrute pejoratywną oceną tego słowa. Nie ma nic złego w tym, że nie masz ochoty kogoś wysłuchać w tym momencie lub masz inne, własne plany. To Twoje prawo do życia i cieszenia się nim. Masz prawo kochać siebie i dbać o siebie. To Twoje podstawowe prawo życia. Miłość należy się każdemu, jest bezbrzeżna, bez limitów, bez warunków. Bierz ją garściami do siebie i wysyłaj na zewnątrz. Odżywiaj się nią, a wtedy będziesz gotowa obdarzać nią innych. Bierz ją od innych z wdzięcznością, bez zakłopotania i poczucia winy, zawartą w dobrym słowie, w chęci pomocy, w poświęconym Ci czasie. Wtedy Miłość przepływa. Płynie jak czysta rzeka życia.

Milczenie

Śluby milczenia, czyli problem z wyrażaniem siebie. Skoro Jaskółka jest tak mocno zaprogramowana na służbę i otwiera się wyłącznie na szepty innych, jej głos – własna kreacja z serca – nie może zaistnieć.

Słowa, które wypowiadasz, czy jest to opowiadanie żartu, wspomnienia, pieśni czy nawet krzyk złości, są nośnikami Twoich wibracji. Kiedy zamykasz je w sobie, Twoje wibracje, Twoje „ja" zanika. A jeśli mówisz słowami innych – Twoje „ja" wibruje ich wibracją, nie Twoją. Z czasem słowa innych, przez ich powtarzanie, stają się Twoimi własnymi, w które zaczynasz wierzyć i budować z nich swój obraz. Tak właśnie zakładany jest program na naszą świadomość. Jesteś gotowa, żeby go zdjąć?

Jeden z moich ukochanych fotografów – Tomek Niewiadomski, wykonał przepiękne dzieło, które symbolizuje moje słowa. Na jego fotografii, na wysokich wzgórzach, widać olbrzymie różowe sztandary, łopoczące na wietrze. W Himalajach mnisi malują na jedwabiu słowa, układające się w błogosławieństwa dla świata. Potem te jedwabne szarfy stawiają na sztorc na wzgórzach, a wiatr, nitka po nitce, szarpie jedwab, a nitki fruną z wiatrem w świat, niosąc błogosławieństwa nad całą planetą. Przepiękny pomysł na modlitwę i puszczanie intencji w eter. Tak samo działają nasze słowa – jak te sztandary z wypisanymi modlitwami.

Wyobraź sobie teraz, przez chwilę, że jesteś w dżungli. Wokół Ciebie przepiękna zielona natura z wszystkimi kolorami kwiatów i owoców. Zamykasz oczy i wsłuchujesz się w jej dźwięki. Usłysz śpiew ptaków, radosny świergot lub kłótnię o gniazdo, poczuj, jakimi uczuciami wypełnia się Twoje wnętrze. Czy jest to zachwyt, czy może ciekawość albo radość? Usłysz teraz groźne warczenie drapieżnego kota lub pomruk niedźwiedzia gdzieś za drzewem. Jak teraz się czujesz? Co odczuwasz? No właśnie. Zaobserwuj, w jaki sposób konkretne dźwięki budują Twoje wnętrze, jak wypełniasz się niepokojem lub harmonią.

Tak samo działają Twoje słowa. Jeśli wyrażasz głosem swoje emocje, wyrażasz siebie na zewnątrz i brzmią one także w głębi Ciebie. Zastanów się, jakie one mają wibracje na co dzień. Jakimi wibracjami żywisz siebie, co słyszysz od innych? Zacznijmy od tych niższych wibracji. Przypomnij sobie żale, które wypowiadałaś. Co wtedy czujesz? Wibracje spadają na samo dno, upokarzasz się i krzywdzisz, żywisz się poczuciem winy. Tak samo działają słowa: nie dam rady, nie potrafię, boję się – wypełniają Twoje wnętrze i otoczenie konkretnymi wibracjami silnego lęku. A teraz stań przed lustrem i wypowiedz słowa otuchy, radości i miłości: kocham siebie, jestem piękna, jestem odważna, mam w sobie mądrość, otwieram się na intuicję. Jak się wtedy czujesz? Uśmiech samoistnie pojawia się na Twoich ustach, błysk w oku jest jaśniejszy, a oddech głębszy. Mimowolnie prostujesz plecy i podnosisz głowę. To magia słów, ich wibracji. Staraj się na co dzień używać takich słów do siebie i w stosunku do bliskich, wypełniających Cię takimi wibracjami, które budują dobre energie.

Kiedy wypowiadasz słowa nauczonych modlitw, pełnych źle rozumianej pokory, uległości czy poczucia winy, Twoje „ja" wypełnia się tym, co Cię gasi. Kiedy zaczynasz mówić o swoich niepokojach, dajesz im życie i moc. Przypomnij sobie słowa wypowiadane często przez Twoich nauczycieli, rodziców i autorytety, którym zaufałaś. Ich słowa mogą, ale nie muszą z Tobą rezonować, wybieraj od nich tylko to, co buduje Cię Światłem i Miłością.

Przede wszystkim, wyrażaj siebie swoim wewnętrznym głosem. Jak mają się do tego śluby milczenia? Nie chodzi tylko o zakonne milczenie, to metafora zamknięcia się na wyrażanie własnych uczuć, emocji, także tych negatywnych. Poprzez wychowanie i słowa „wypada, nie wypada", bolesne komentarze innych, dusisz w sobie wewnętrzny głos, aż w końcu milkniesz, a wtedy milkną także Twoje pragnienia, potencjał i Twoje „ja". Masz własne potrzeby i swoje marzenia, którym należy dać życie w każdym wymiarze po to, żebyś była szczęśliwa i miała w sobie życie. Chodzi tu między innymi o ogień, którego kobieta tak mocno potrzebuje, by żyć i tworzyć siebie na nowo, w nowym świecie. W przyjęciu tego ognia pomogą Ci Zwierzęta Mocy połączone z tym żywiołem – Lis, Smok, Lew czy Ryś. Wystarczy, że zaczniesz wyrażać swoje potrzeby. Jak często rezygnowałaś z siebie dla dobra innych? Jak często rezygnowałaś z chwili dla siebie, z książki, która Cię zainteresowała, ze spotkania, na które długo czekałaś? Z jakich powodów? Bo ktoś miał dyskomfort na myśl, że spełnisz się w danym momencie, w działaniu? Jak często skrywałaś swoje uczucie wobec ludzi? Pomyśl, co Cię blokowało w wyjawieniu komuś miłości, pragnienia pocałunku, przytulenia? Lęk przed odrzuceniem, skrępowanie, myśl, że nie wypada, strach przed oceną? Wyrażanie miłości nie jest słabością – wręcz odwrotnie. Jeśli wyrażasz miłość do siebie i do drugiego człowieka – otwierasz serce, stajesz naga w swojej prawdzie i o to chodzi, by być tą Miłością, którą w sobie mamy. To wydarza się na każdym poziomie. Czy mówisz, że masz właśnie ochotę iść sama do kina, chociaż boisz się komentarzy i pytań w stylu „dlaczego sama, ale po co?". Kiedy odważnie mówisz, że chcesz to zrobić dla siebie, bo czujesz taką potrzebę, że kochasz siebie i chcesz spełnić swoje pragnienie – otwierasz się na siebie i dajesz sobie prawo do istnienia. I z tym nic nie wygra, wszelkie negatywne komentarze nie mają już nad Tobą władzy. Istotnym aspektem wyrażania siebie, jest mówienie swoich uczuć wobec innych. Nawet jeśli jest to niezadowolenie, bo ktoś zniszczył Twój ziołowy ogródek, wszedł w Twoją przestrzeń bez pytania. W ten sposób wyznaczasz granicę własnej przestrzeni, z miłości do siebie. Czujesz wolność i prawdę, na co pozwalasz wobec siebie, a na co nie. Jak często tłumisz w sobie uczucie do mężczyzny, który wzbudza w Tobie ogień, ale okoliczności i wychowanie nie dają Ci prawa na wypowiedzenie słów prawdy? Przypomnij sobie początkowe akapity tego rozdziału, kiedy chcesz coś wyrazić, ale się boisz. Masz swoją tajemnicę, która w końcu wyrażona, da Ci wolność i prawdę. Jeśli kogoś kochasz czystą miłością, albo czujesz namiętność do danej osoby – po prostu to powiedz. Bez oczekiwań i strachu, co ona sobie pomyśli. Nieważne, jak ona to przyjmie, ważne, że Ty będziesz w prawdzie sama ze sobą. Uwolnisz się od tłumionych uczuć i tajemnic, wypełniając serce Prawdą i Miłością. Wyrazisz prawdę o sobie, co kochasz, czego pragniesz, o czym marzysz – z serca. Wtedy okoliczności ułożą się tak, by spełnić Twoje marzenie, bo Wszechświat daje Ci wszystko, czego potrzebujesz, kiedy swoje pragnienia wysyłasz prosto z serca, a nie z lęków i strachów.

O lękach i strachach też warto mówić, ale z perspektywy obserwatora. Wyrażając je, uwalniasz z siebie energię tego strachu. Jeśli wypowiadasz je z intencją oczyszczenia, zwierzając się z nich bliskiej osobie, z miłości do siebie i w zaufaniu do drugiej osoby, wtedy strachy i lęki ulatują. Oczyszczasz w ten sposób własną świadomość, całą aurę swojego istnienia, serce, myśli, ciało i swoją Duszę. Będziesz wolna, ponieważ wszystko, co robisz w zgodzie ze swoim sercem, jest dobre. Jeśli jesteś dobra dla siebie, świat będzie dobry dla Ciebie.

Możesz się wyrażać nie tylko poprzez słowa. Sztuka jest taką kreacją, w której człowiek uwalnia siebie poprzez malarstwo, rzeźbę, film czy taniec. Sztuką może być także każda czynność, każde Twoje tchnienie.

Niech Twoja Jaskółka świergocze w przestworzach, niech śpiewa hymn o miłości i uwielbieniu życia, siebie i swojej pięknej natury.

II

Czarna Pantera i karma złej matki

Gdy podczas medytacji pojawia Ci się Czarna Pantera, początkowo cieszysz się jej gibkim ciałem, kocią zwinnością i statusem drapieżnika, który nie ma równego sobie przeciwnika. To wszystko prawda, ale Czarna Pantera zazwyczaj wykorzystuje swoje atuty pochodzące z cienia. Powstaje on z doświadczenia braku miłości od mężczyzny, od ojca, ale także od oschłej i wymagającej matki czy rywalizującej z Tobą siostry albo brata. To stan świadomości przekonanej, że walka o swoje, zamiast wspólnoty, jest właściwą ścieżką życia. To brak połączenia z własnym sercem, w którym zagościł sopel lodu. Bowiem Czarna Pantera to Królowa Śniegu, która roztacza w swoim świecie zimę w relacjach, czyli brak bliskości i stały dystans.

Czarna Pantera, wyłaniająca się dla Ciebie z cienia, jest symbolem zaburzenia harmonii w relacjach międzyludzkich, ale także w komunikacji z sobą samą. Zastanów się w tym momencie, jak wyglądają Twoje relacje z otoczeniem? Jak blisko jesteś sama ze sobą? Czy wsłuchujesz się w siebie i czy dajesz sobie, swojej intuicji prawo głosu? Pamiętaj, że odpowiadasz samej sobie i szczerość ma tu sens, by dojść do sedna siebie.

Czy nie jest tak, że między Tobą, a otoczeniem jest chłodna szyba z lodu? Nie wiń się za to. Taki stan świadomości zrodził się w Tobie przez doświadczenia, które były Twoim udziałem. Jako dziecko nie doświadczyłaś kojącej bliskości rodziców. Czułość w Twojej rodzinie wychodziła dość koślawo – codzienne przytulenia bez przyczyny, składanie gorących życzeń czy szczera rozmowa o smutkach były materią, od której wszyscy w rodzinie trzymali się z dala. Zakłopotani głębią i prawdziwością tego typu relacji, odpychali ją od siebie, by tylko nie poczuć istoty istnienia – Miłości. Brak szczerości w relacjach zamroził Twoją empatię. Najczęściej sama, bez odzewu na wołanie o miłość i uwagę, powoli hartowałaś się w zimnym świecie bez uczuć i stałaś się w sercu kostką lodu. Stworzyłaś własny świat, do którego nikt nie ma dostępu, w obawie by nie zniszczył go krytyką lub brakiem zainteresowania. Albo właśnie czułością i pięknymi słowami zachwytu, płynącymi z głębi serca. Ta druga reakcja jest dla Ciebie jeszcze gorsza, bo przeczuwasz w tym podstęp albo zupełnie nie wiesz, jak na nią zareagować. Wyuczony dystans i fukanie niczym kot, zupełnie tu nie pasują. Dlaczego Czarna Pantera tak bardzo walczy z uczuciem miłości? Bo jej obraz został w niej zatruty historiami – bajkami na temat mężczyzny i kobiety oraz ich wspólnej relacji.

Relacja z ojcem

W przeciwieństwie do Jaskółki, która boi się ojca jak Boga Wszechmogącego na nieboskłonie, Czarna Pantera czuje do ojca żal i bunt. Jest rozczarowana jakością męskiej energii, której od niego doświadcza. Zamiast potulnego wychwalania ojca, jak ma to w swojej naturze Jaskółka, Czarna Pantera jeży się na obecność męskiej energii wokół siebie i trzyma bezpieczny dystans. Tak na wszelki wypadek. Jeśli czujesz, że jesteś Czarną Panterą, zastanów się przez chwilę nad własną relacją z ojcem. Przypomnij sobie jedno wspomnienie z dzieciństwa, potem kolejne. Zastanów się, jaki kolor dominował między Wami podczas tych wielu lat mieszkania pod jednym dachem. Czy był to ciepły, przytulny kolor miłości, czy może jasnożółta radość? A może panowała często mroźna biel i szarość milczenia domowników, schowanych każdy w swoim pokoju? Zastanów się czy i o co masz żal do ojca. Jeśli tak, to czy kiedykolwiek go wyraziłaś? A może nigdy nie powiedziałaś mu, że go kochasz, bo nigdy nie słyszałaś tego od niego? Jeśli obawiasz się stawić czoła tym pytaniom, wejdź w medytację z towarzyszeniem Czarnej Pantery, która doda Ci odwagi do szczerości wobec siebie. Na początek nie musisz stawać twarzą twarz ze swoim ojcem, wystarczy zrobić szczere rozliczenie we własnym wnętrzu, poczuć, co masz głęboko w sercu, że postanowiłaś to zamrozić na wiele lat. Czarna Pantera będzie tam z Tobą, by pomóc Ci wyrazić te uczucia – wywarczeć je, wykrzyczeć, wypłakać, rozsypać na morskim piasku lub wrzucić do szamańskiego ognia. Potem wspólnie poturlacie się w wizji na łące, a gdy już poczujesz ulgę po wyrzuceniu z siebie ukrywanych tak długo emocji, możesz uwolnić się od nich, pisząc list do ojca czy innego mężczyzny, który odgrywał lub odgrywa istotną rolę w Twoim życiu. Zastanów się, co chcesz mu powiedzieć, co zawsze przemilczasz i zamykasz w sobie. W tym procesie pisania, Czarna Pantera nieraz zamacha ze złością ogonem i ryknie groźnie, czasem położy się na Twoich kolanach, gdy litery zajdą mgłą przez łzy pod powiekami. Ma to sens, którym jest oczyszczenie serca z blokad. Dzięki uwolnionej od emocji percepcji, Czarna Pantera poprowadzi Cię na ten poziom świadomości, na którym zrozumiesz przyczynę swoich relacji z ojcem.

Czarna Pantera ma mocno zniekształcony obraz mężczyzny w swoim życiu. W głębi siebie ma żal do niego, bo zbyt mocno kontrolował jej seksualność, dojrzewanie i transformację w kobietę. Taki ojciec rzadko potrafił okazać miłość słowem i przytuleniem, bo sam był wbity w schemat odgrywania poważanego dorosłego. Nie doświadczył w dzieciństwie ciepłego dotyku od swojej mamy. Taki mężczyzna w rzeczywistości boi się kobiecości i nie pozwala swojej córce, żonie czy siostrze stać się silną kobietą. Ze strachu, że przewyższy go swoją mocą, bo tak bardzo nie wierzy we własną wartość. Umniejszając jej sens istnienia kpiącym słowem, agresją czy finansową zależnością, kontroluje jej działania, uniemożliwiając rozwój kobiecych mocy. Prowadzony przez ego, wciąż musi udowadniać swoją wyższość, chociaż to właśnie w harmonii energii żeńskiej i męskiej tkwi klucz do mocy i rozwoju obu stron. Swoim działaniem mocno wchodzi w przestrzeń kobiecości Czarnej Pantery, która zmuszona jest bronić się oziębłością, agresją czy ucieczką – w pracę, inny związek, podróże z dala od domu. Ale nie ma w tym winy żadnej ze stron. Ojciec Czarnej Pantery był kiedyś synem Czarnej Pantery, o czym za chwilę.

Czarna Pantera codziennie, jako mała dziewczynka, słyszała od sióstr i koleżanek, matki czy ciotki, jacy mężczyźni są słabi lub godni pożałowania. Złe szepty jak trucizna wlewały się w jej ucho, tworząc obraz mężczyzny, którego nie warto kochać. Jak złe czarownice, stojące z zatrutym jabłkiem, karmiły małą Czarną Panterę fałszem, że miłości męskiej jest jak na lekarstwo. Wszelkie komentarze i plotki sączone przy kawie, wylewane żale na swoich mężów czy partnerów, układały w Twojej percepcji Czarnej Pantery konkretny obraz mężczyzny – człowieka, któremu nie wolno ufać, który nie potrafi wykonać poleceń żony, by była z niego zadowolona, który myśli tylko o piwie z kolegami i wieczornym programie w telewizji. Mężczyzny, który nie potrafi domyślić się, czego chce kobieta. Z takim bagażem w umyśle, młoda Czarna Pantera nie umie inaczej spojrzeć na mężczyznę, jak tylko na powód swoich rozczarowań i zmarnowanego życia. Nauczyła się tego od swojej mamy, babki, kobiecego rodu. To zatrute jabłko miłości, skierowanej w stronę energii męskiej, nadaje smak relacjom Czarnej Pantery.

Czarna Pantera jest zwykle córką ojca, którego tak naprawdę nie ma w jej życiu. Jest zajęty pracą, własnymi dorosłymi sprawami, które są ucieczką, usprawiedliwieniem braku ciepła i czasu dla córki. Włoczony w schemat, wszedł w rolę ważnej osobistości, głowy rodziny, której należy się szacunek. Zamyka się w sobie ze swoimi problemami i słabościami, by tylko nie wyrazić lęków i emocji i nie dzielić się nimi z domownikami. W głębi serca wciąż jest małym chłopcem, którego matka – również Czarna Pantera – wciąż dyscyplinowała, a zamiast przytulenia okazywała zimny dystans, jak baśniowa Królowa Śniegu wobec Kaja. Jeśli coś go dotyka, buduje wokół siebie zamek z lodu, którego fosa jest wypełniona słowami krytyki, spojrzeniami pełnymi żalu, irytacją czy ciężkim milczeniem. Czy w taki sposób ojciec odgradzał się od Ciebie? Każdy jego zły nastrój odbijał się w sercu Twojej Czarnej Pantery. W końcu, by nie bolało tak bardzo, odsunęłaś się od ojca, zamknęłaś w sobie i tak samo jak on, przestałaś wyrażać własne emocje i uczucia.

W dorosłym życiu Czarna Pantera ściąga właśnie takich mężczyzn swoimi myślami o partnerze, jakich „nauczyła się" w dzieciństwie. Szybko znajduje osobnika, który wpasowuje się w taki schemat. Czarna Pantera chce nad nim panować. Kąśliwymi uwagami, obrażaniem się i emocjonalną manipulacją powoli gniecie strukturę partnera jak plastelinę, tworząc go na podobieństwo swojego wyobrażenia o mężczyźnie. Wyszukuje w nim potwierdzenia tego, czego nasłuchała się w dzieciństwie. Stosuje te same działania, którymi jej rodzice zniekształcili jej strukturę. Jednak pamiętaj, że nie ma w tym niczyjej winy. Program zanieczyszczający Twą linię rodową trwał od stuleci. Czarna Pantera, uświadamiając go Tobie, dała Ci odwagę, by to zmienić.

W takiej rzeczywistości kulawych relacji, mała Czarna Pantera zasypia niczym Królewna Śnieżka, marząc o księciu na białym koniu. Karmi się filmowymi melodramatami, ckliwymi historiami, które urastają w wyobraźni młodej kobiety do rangi niedoścignionego wzoru. W taki sposób, z różnego rodzaju braków, Czarna Pantera tworzy obraz idealnego partnera. I takiego szuka, choć w głębi serca jest przekonana, że i tak taki mężczyzna nie istnieje. Przypomnij sobie teraz swojego księcia z bajki, tego z marzeń. Jak wygląda, jak się zachowuje, z jakich klocków go zbudowałaś? Czy przypomina w ogóle człowieka? Analizując jego obraz, zastanów się, jakie braki miał ten obraz w Tobie wypełnić. Poczujesz wtedy, czego tak naprawdę Ci brakuje. Poznasz swoje skryte potrzeby. W medytacji lub przed snem przywołaj swojego księcia z bajki i powiedz mu, czego od niego potrzebujesz. Porozmawiaj z nim szczerze, jak z bratem, jak z przyjacielem.

Uświadomienie sobie mechanizmu tych relacji spowoduje, że jako Czarna Pantera obudzisz się, a sopel w sercu zacznie się roztapiać. Popłyną łzy żalu, ale i przebaczenia. Uwolnią się wstrzymywane w sercu emocje i zaczniesz mówić o własnych uczuciach. Już to zrobiłaś, rozmawiając ze swoim księciem z bajki tylko w swojej obecności. Potem przyjdzie czas na takie próby w bezpiecznym otoczeniu warsztatów czy przyjaciół. Z czasem będziesz gotowa na szczerą rozmowę z rodzicami, z partnerem, z każdym.

Ucieczka przed słabością

Patrząc na własnego ojca, który nigdy nie chciał przyznać się do błędu oraz na matkę, która każdym swoim życiowym niepowodzeniem obarczała ród męski, młoda Czarna Pantera uczy się, że słabość – tak naturalna dla człowieka – nie ma prawa istnieć. Przynajmniej w świetle dziennym, na zewnątrz.

Czarne Pantery są zwykle kobietami mocno pożądanymi w korporacjach, na wysokich stanowiskach. Dlaczego? Bo są bezwzględne i z determinacją dążą do celu.

Czarna Pantera, jako dziecko, zawsze była sama ze swoimi słabościami, wątpliwościami. W chwilach dziecięcych smutków nie dostała wsparcia i przytulenia. „Nie zawracaj mi głowy, przestań się mazać" – słyszała w takich momentach i zamiast ciepła odczuwała wokół zimę i mróz. Smutki i wątpliwości wydawały jej się wtedy nie na miejscu, zaczęła traktować je jak coś, czego należy się wstydzić. Dowody uznania dostawała jedynie za to, czego dokonała. Za dobre stopnie, świadectwo z paskiem, kolejny dobrze zdany egzamin. Jest więc przekonana, że na miłość trzeba zapracować, że kocha się za coś. Dlatego Czarna Pantera od dziecka ma mocne parcie na wiedzę, stanowiska, tytuły, które mają potwierdzać jej wartość. Poczucia własnej wartości nie szuka w sercu, ale na papierze. Notorycznie udowadnia – sobie i innym – swoją wiedzę i wartość licznymi certyfikatami, najwymyślniejszymi podróżami, tytułami, stanowiskami i sportowymi aktywnościami. W pracy haruje od rana do nocy, by udowodnić swoją naturę Pantery – dostojnej, doskonałej, stojącej na szczycie w hierarchii dżungli. Czarna Pantera to perfekcjonistka, która nie pozwala sobie na ludzkie błędy i słabość. Wytresowana w dzieciństwie, wymazuje każdą porażkę jeszcze większą pracą i dyscypliną. Nie daje sobie prawa do błędu – tak naturalnej cechy człowieka.

Czarna Pantera przeważnie świetnie wygląda. Fitness, zadbane paznokcie, ciągłe diety i nieskazitelna fryzura. Na zewnątrz wygląda to jak dbanie o swoje ciało, a w rzeczywistości to tresura, by być coraz lepszą, piękniejszą od koleżanek, zamiast być po prostu sobą. Dyscyplina dla ciała, by nie było sobą. Brak przyzwolenia na bolący okres, słaby dzień w pracy czy wyjście do sklepu bez makijażu, to jej codzienne smagnięcia batem po plecach. Współczesne autoniewolnictwo.

Kobieta Czarna Pantera, we własnej miejskiej dżungli, wytyka bądź komentuje czyjeś słabości. Takie zachowanie u kobiety Czarnej Pantery wynika z jej strachu przed własnymi słabościami, na które nie daje sobie prawa. Szuka ich w innych, by ukryć własne. Jako dziecko chwalone za dobre stopnie i osiągnięcia, nie potrafi zmierzyć się z czymś tak ludzkim, jak błąd, porażka, pomyłka, słabość. Błędy i słabości uczą nas prawdy o nas samych, trzeba tylko przyjąć je, poznać i wyciągnąć z nich wnioski. Nie wypierać, ale przyjąć z pokorą, ciekawością i uważnością na ludzką naturę. Z miłością do siebie. Po to Twoja Dusza zeszła w materię, by doświadczyć ludzkiej natury.

Kiedy w bliskiej relacji Czarnej Pantery z mężczyzną czy dziećmi pojawi się słabość, Czarna Pantera odsuwa się na bezpieczną odległość. Nie wie, jak kogoś wesprzeć i czuje się wtedy bezradna. Boi się w to wejść, by zmierzyć się z prawdą o sobie, z własną miłością do drugiego człowieka. Po to tu jesteśmy, by obdarzać się miłością i wsparciem w momentach zwątpienia, utraty sensu życia. Jedyne, co potrafi w takich momentach Czarna Pantera, to zlekceważyć problem i powtórzyć tak dobrze jej znane słowa: „Nie zawracaj mi głowy, przestań się mazać".

Przypomnij sobie, jak reagujesz na słowa pochwały, na wyznanie miłości, bądź podziw w oczach zakochanego w Tobie mężczyzny? Czarna Pantera odczuwa zwykle w takich momentach wyższość. Przyznawanie się do kochania, uważa za odkrywanie się ze swoją słabością. Kiedy widzi, że mężczyzna ją kocha, nawet wbrew sobie lub nieświadomie, zaczyna go tresować, umniejszać go w swoich oczach, by jego miłość nie spowodowała utraty kontroli nad swoimi emocjami. Widząc kochającego człowieka, Czarna Pantera nie szanuje go i wie, że to uczucie może wykorzystać do swoich celów. Odzywa się w niej Królowa Śniegu, która woli zimny dystans, niezmienny chłód, od gorącego jak hiszpańskie lato tańca dwóch istot, rozkoszujących się namiętnością i ciepłą miłością.

Relacja z matką i siostrą – relacja z własną kobiecością

Ciągła kontrola nad sobą i ucieczka przed relacjami opartymi na miłości, oddala Czarną Panterę od jej dzikiej natury i intuicji. Poza tym, zrzucanie odpowiedzialności za swoje błędy na innych – zwykle mężczyzn – powoduje, że nie jest w stanie wziąć odpowiedzialności za swoją kobiecość. Boi się jej doświadczać w pełni, kontrolując swoje odruchy i emocje, zamrażając to, co w niej miękkie, ciepłe i prawdziwe. To w oczach ojca mała dziewczynka widzi swój obraz przyszłej kobiety. Kiedy ma w tych oczach wsparcie, z ufnością i odwagą poznaje siebie jako kobietę. Gdy widzi w nich strach i dezaprobatę, boi się samej siebie. Zaczyna się kontrolować i działać zgodnie lub wbrew oczekiwaniom ojca, tworząc nieprawdziwy czy niedojrzały obraz siebie.

Czarna Pantera często interesuje się ciemną stroną kobiety – mroczne opowieści o wiedźmach czy femme fatale, rozbudzają jej wyobraźnię. Lubi tę estetykę, nieco gotycką, mroczną i krwistą. Podoba się jej, że ktoś ze strachu może stronić od kobiety. W strachu innych wobec siebie widzi coś fascynującego. I tym karmi się, będąc bezwzględną szefową w korporacji lub żoną z ciągłymi pretensjami.

Powszechną chorobą Czarnej Pantery są nowotwory kobiecych części ciała. Czarna Pantera agresywnie odrzuca kobiecość, jej łagodność, ciepło i matczyność, które postrzega jako słabość, a nie moc. Nie daje sobie na nią przyzwolenia, bo od nadmiaru czułości może rozsypać się tak długo budowana zapora w sercu. Dlatego jej piersi czy macica zaczynają chorować, bo płynie w nich wibracja żalu i goryczy, zamiast światła i szczęścia. Organy karmione takimi „jakościami" chorują, umierają, tworzą nowotwory ciemnej magmy smutku i strachu. Jednak jest czas, by to zatrzymać i skierować energię na inne tory. Przyjrzyj się swojemu ciału – swoim piersiom, joni, biodrom. Obdarz je uwagą, dotknij z miłością, zadbaj, jakbyś opiekowała się małym zwierzakiem. Daj im życie swoją uważnością. To także jesteś Ty.

Relacje z kobietami

W otaczającym nas świecie zbyt dużo uwagi poświęcamy porównywaniu i rywalizacji, a to mocno wpływa na naszą energię, z jaką podchodzimy do drugiej istoty. Karmieni od szkoły rywalizacją i zabieganiem o ocenę z zewnątrz, tracimy ugruntowanie w sobie i wiarę we własne możliwości. Pojawia się strach, że zawsze przyjdzie ktoś lepszy, że każdy Twój ruch jest oceniany przez mądrzejszych dorosłych. W takim świecie rywalizacji i ciągłego wyścigu trudno wypracować relacje oparte na wspólnym działaniu, zaufaniu i wspieraniu innych.

Taki świat w dużej mierze zatruwa kobiecą percepcję. Od małej dziewczynki porównywana do innych koleżanek, czujesz ich oddech na każdym kroku. Choć tego nie chcesz, komentarze matek i nauczycieli stawiają Cię na różnych miejscach w różnych rankingach. Pojona tym od dziecka, nie widzisz w siostrze, jaką jest każda kobieta, siostrzanego połączenia, a jedynie konkurencję. Nigdy nie jesteś sobą, tylko gorszą, lepszą, grubszą, ładniejszą, zdolniejszą, bardziej wysportowaną od innych. Swojej wiary nie opierasz na sobie, ale na porównaniu się z innymi. Własną wartość budujesz na bazie zewnętrznych ocen, zamiast opierać się na mocy i mądrości z wnętrza siebie. To oczywiście nie Twoja wina. Opisuję Ci tylko środowisko, w którym wzrasta Czarna Pantera – Twój obecny kobiecy totem. Ona łaknie pochwał i nagród za wszystko, co zrobi. Szybko się uczy, że te pochwały dają popularność, lepsze samopoczucie, siłę przebicia i niepostrzeżenie zaczyna się od tego uzależniać. Odbiera sobie miłość własną i dąży do tego, by być kochaną przez wszystkich. Czasem wbrew temu, czy ma ochotę coś zrobić czy nie. Liczne wzory do naśladowania – czy to w kobiecych magazynach, czy w klasie – powodują, że chcesz być taka, jak inni, a nie po prostu sobą. Kiedy Twoje wysiłki oceniane są gorzej od pracy innych Czarnych Panter, w Twoim sercu rodzi się zazdrość i nieprzychylność do drugiej istoty. Wpuszczane do serca zadry zmieniają nastawienie do każdej napotkanej na Twojej ścieżce siostry.

Przypomnij sobie, ile razy zrobiłaś coś tylko po to, by pokazać innym, na co Cię stać? Ile razy czułaś się źle, bo koleżanka wyglądała w Twoim przekonaniu lepiej od Ciebie? Ile razy, widząc kobietę z atrakcyjnym mężczyzną, skomentowałaś, że ona nie zasługuje na takiego faceta?

Zdradzę Ci pewną tajemnicę. W pojedynkę jesteś silna, owszem. Jednak tworząc krąg z innymi kobietami, oparty na zaufaniu i współodpowiedzialności za kobiecą energię na Ziemi, doświadczasz przeogromnej wiedzy, akceptacji i mądrości Przodkiń, która płynie przez nas – kobiety. Wystarczy z miłością współpracować z innymi kobietami, by poczuć moc wspólnoty. Tej umiejętności uczy się Czarna Pantera od Wilczycy, którą powoli się staje, w miarę, jak odpuszcza rywalizację i nieufność wobec kobiety w sobie i kobiet wokół siebie.

Kobiety to energia księżyca. Jesteśmy dla siebie lustrami. Pamiętaj: tak jak widzisz inną kobietę, tak widzisz siebie. Cokolwiek przeszkadza Ci w drugiej kobiecie, te same cechy masz również w sobie do przepracowania.

Niech w Twojej wyobraźni, podczas medytacji, stanie przed Tobą kobieta, której nie darzysz sympatią. Powiedz jej prosto z serca, czego w niej nie lubisz, co Cię w niej irytuje i postaraj się z miłością dać jej radę, na co powinna zwrócić uwagę w swoim zachowaniu czy aparycji. Wyraź, wyrzuć z siebie żale i gorycz, jaką masz wobec niej. Te słowa skieruj następnie do siebie, zobacz jak z Tobą rezonują, jaką lekcję masz z nich wyciągnąć. To, jak o niej mówisz, mówisz też w innych okolicznościach do samej siebie, krytykując się w głębi serca, podsycając swój brak wiary i zaciemniając własne Światło.

Czarna Pantera poluje w ciemności z ukrycia, rzuca się na ofiarę znienacka, najczęściej atakując jej plecy. W ludzkim świecie Czarne Pantery plotkują i obgadują za plecami, ponieważ tak jest łatwiej i wygodniej. Odpowiedz sobie szczerze, czy też tak robisz? Napawasz się plotkami, jak upolowaną zwierzyną, zatruwając obraz drugiej istoty, więc także i swój, we własnym sercu. Odważ się więc na konfrontację. Wyrzuć w siebie wszystkie złe słowa, skieruj je bezpośrednio do konkretnej osoby. Będzie burza, to oczywiste, ale uwalniająca. Czarna Pantera da Ci odwagę, by to zrobić z miłością do siebie i drugiej istoty. Nie po to, żeby ranić, ale aby oczyścić relację. Po wyrażeniu żalu przyjdzie czas na szczerą rozmowę, prosto z oczyszczonego serca. Pojawią się emocje i uczucia, które zaprowadzą Cię do wybaczenia i znalezienia takiego rozwiązania, aby nadać tej relacji nową jakość, z szacunkiem do siebie i drugiej strony. Czarna Pantera ma w sobie dostojność i szlachetność, która pozwoli Ci dobrać takie słowa, które uzdrawiają. W ten sposób zaczniesz budować nowe relacje oparte na szczerości. Nie przejmuj się, jeśli druga osoba nie podejmie wyzwania, być może nie jest na to gotowa, ale Ty oczyścisz się ze złych emocji. A ziarnko prawdy zasiane podczas rozmowy, zakiełkuje kiedyś w Twojej rozmówczyni. Może poruszy w niej proces uleczenia jej serca i Czarną Panterę w niej. Wyślij do niej wyrazy miłości i szacunku, okaż je również podczas konfrontacji, niech płyną prosto z serca.

Blask Czarnej Pantery

Wyobraź sobie, że Czarna Pantera przychodzi do Ciebie. Zamknij oczy i poczuj jej obecność. Jest już zmęczona ciągłą walką oraz udawaniem oziębłej i drapieżnej. Kładzie się u Twoich stóp lub na kolanach, jak kot. Potrzebuje Twojego ciepła i ukojenia. Pod wpływem głaskania mięśnie pod jej aksamitnym futrem rozluźniają się, oddech staje się zrelaksowany i spokojny, odpuszcza cały strach i napięcie. Spójrz w jej głębię, w jej serce, w którym śpi śnieżnobiały kot z puszystym futrem i niebieskimi jak niebo oczami. To jej czysta Dusza – dobra i delikatna, przesycona spokojem i harmonią. Powoli budzi się na nowo w Czarnej Panterze. Wylizuje jej rany i blizny spowodowane toksycznymi i raniącymi relacjami oraz programami. Z każdym pociągnięciem szorstkiego języka czyści się wszystko i odchodzi do absolutu. Już dosyć walki i udawania.

Czarna Pantera w Tobie odzyskuje spokój, a wraz z nim radość. Wszystko, co do tej pory przeszła, już minęło i dało jej siłę. Przyszedł czas na przebaczenie, sobie i innym. Poczuj, jak Czarna Pantera na Twoich kolanach zapada w głęboki, kojący sen. Zobacz jej senne marzenia. Gdzie płynie w tej przestrzeni? Jakimi jakościami się wypełnia? To uspokojenie, wyciszenie i medytacja. Usłysz przepiękne dźwięki indiańskiego fletu i idź za nimi. Gdzie się znalazłaś? Zobacz przepiękny biały lotos – kwiat własnej Duszy. W głębi serca jesteś dobra i na to dobro w pełni zasługujesz. Zobacz w tej wizji przepiękną księgę, w której zapiszesz za chwilę słowa i symbole, które chcesz wprowadzić w życie Czarnej Pantery: bliskość, normalność, życie zgodne z rytmem natury. Może przyjdzie Ci do głowy coś jeszcze. Z każdym Twoim zapisanym słowem Czarna Pantera na Twoich kolanach rozluźnia się, odkrywa swój brzuch, zawsze ukryty i chroniony. Pod dotykiem Twoich dłoni, jej brzuch zaczyna wibrować od błogiego mruczenia. Rodzi się zaufanie do Ciebie, do świata, do niej samej. Nie ma już strachu, żalu i walki. Jest sobą i na nowo tworzy swoją strukturę, poprzez wibrację zaufania i ciepłej, delikatnej miłości. Z tą jakością w sercu popatrz na osoby, które w tej wizji do Ciebie przyszły. To może być Twój ojciec, partner lub liczne siostry, z którymi do tej pory rywalizowałaś. Spójrz na nich z miłością, bo tylko ona została z Waszych relacji. Jeśli chcesz ich za coś przeprosić, wyraź to teraz – spojrzeniem, słowami, gestem, przytuleniem. Jeśli w tym momencie pojawią się łzy i wzruszenie, pozwól sobie na to. To naturalne, cudowne oczyszczenie emocji i serca. Nie ma w tym słabości, tylko najprawdziwsza moc miłości. Wypełniasz tym samym światłem i przebaczeniem Wasze relacje – wszystko, co złe minęło. Zaczynasz nowy rozdział.

Jako Czarna Pantera potrzebujesz teraz chwil dla siebie, by poznać się na nowo. Pomogą Ci w tym różnego rodzaju medytacje, joga czy wyjazdowe warsztaty duchowe na łonie natury. Te pierwsze kroki w Twoim „ja", oczyszczonym z cienia, mogą być chwiejne, czasem pełne zwątpienia. Jednak każdy krok Twojej miękkiej łapy prowadzi Cię do zwycięstwa. Podczas tego typu aktywności, systematycznie czyścisz swoją strukturę z dawnych lęków i agresji. Daj sobie czas, wszystko się ułoży w naturalnym tempie.

Pamiętaj o białym kocie wewnątrz Ciebie w relacjach z innymi. W każdej rozmowie, zebraniu i spotkaniu, odpuść kontrolę. Spróbuj znaleźć białego kota w drugiej osobie – to dobro i miłość, którą ma każdy. Podchodząc do drugiej osoby, spróbuj skupić się na jej blasku i zaletach. Bramą do takiego stanu jest Twój uśmiech i serdeczny gest. Zobaczysz, jak pod jego wpływem Twój rozmówca łagodnieje – jak Czarna Pantera na Twoich kolanach. Poczuj ciepło w sercu i działaj z głębi tej przestrzeni. Wypracowanie takich relacji jest wspomagane podczas warsztatów przez odcięcie od codzienności, dźwięki gongów, mis czy kamertonów, przez spokojny głos szamanów czy trenerów jogi, przez przebywanie z ludźmi, którzy w naturalny sposób działają Miłością. Wspierają Cię w odkrywaniu relacji opartych na zaufaniu do drugiego człowieka. Oswajasz się, zadomawiasz w swoim sercu. Czarna Pantera staje się mruczącą, zadowoloną kotką. Jeśli wypracujesz to podczas warsztatów, później przyjdzie czas na wdrożenie tego w codzienne relacje: w domu, w pracy, podczas spotkań z przyjaciółkami.

Celem jest, byś uwierzyła w dobro w sobie. Przypomnij sobie, komu pomogłaś, kogo wsparłaś dobrym słowem lub spontaniczną akcją? To może być zwykłe podwiezienie do pracy czy spędzenie czasu na spokojnym wyjaśnieniu zawiłych spraw firmowych. Jeśli do tej pory tego nie robiłaś, najwyższy czas zacząć. Zobaczysz, jak szybko otoczenie wokół Ciebie się zmieni i ile światła i radości przyniesie Ci takie działanie. W głębi Duszy jesteś dobra i świetlista, tylko zapomniałaś działać tymi jakościami. Jako Czarna Pantera jesteś zdolna i gotowa na wszystko, więc nie będziesz miała trudności, by nadać wykreowanej energii jakość, której pragniesz. Zastraszanie przekuj we wspieranie, rywalizację w zaufanie, a krytykowanie zamień na słowa otuchy.

W pewnym momencie, po wprowadzonych w swoje zachowanie zmianach, możesz stwierdzić, że świat, w którym do tej pory się znajdowałaś, już nie rezonuje z nową Tobą. Nie trzymaj się wtedy kurczowo starego – widocznie przyszedł czas na zmiany, odrzucenie stresującej pracy, zmianę kręgu znajomych, miejsca zamieszkania, stylu ubierania się. Odrzuć kontrolę i płyń z prądem. Jeśli zauważysz, że odchodzą od Ciebie dawni znajomi, nie przejmuj się, Twoja przestrzeń czyści się z ludzi i jakości, które już Ci nie służą. To normalna zmiana wibracji, zaufaj jej.

Powracaj często do tej medytacji z Panterą śpiącą na Twoich kolanach – ona pozwoli Ci wrócić do własnej intuicji, dzikiej kobiety w Tobie i pokochania na nowo swojej natury. Pomogą Ci w tym spotkania z kobietami – Wilczycami. Poznasz je, przyjdą w odpowiednim momencie. Czarna Pantera, obcując z Wilczycami, zaczyna doceniać spacery po lesie, leniwe wieczory przy ognisku, zaczyna też powoli dowiadywać się, jakie moce mają w sobie kobiety, które słuchają własnego serca. Obserwując Wilczyce, Czarna Pantera doświadcza nowej kobiecości wokół siebie – zamiast wyniosłej i zadufanej w sobie, widzi kobiecość pełną spokoju i dostojeństwa, ale i radości, w jedności z własną naturą i Naturą wokół. Intuicja uzdrawia wewnętrzny puls. Wtedy wokół Czarnej Pantery – a może już Wilczycy – pojawiają się podobne do niej siostry, szukające tego samego. Wzajemnie uczą się współpracy, zaufania, siostrzeństwa. Czasem wygląda to burzliwie, ale równie mocno odczuwają nawzajem chwile zjednoczenia, równości w kręgu, powolnego odpuszczania programów, które wspólnie uświadamiają sobie, patrząc w wilczą siostrę, jak w lustro.

Gdy Czarna Pantera poczuje już swoją moc, bardzo pragnie poznać ją w całości. Nosi ją po świecie, odkrywa liczne warsztaty i metody. Usiłuje poznać jak najwięcej tajników, by dojść do sedna siebie. Czuje, że w jej środku, w jej sercu jest coś ważnego, szalenie istotnego. Tylko co to może być? Jej kocia determinacja prowadzi ją do celu – do prawdziwego kochania. Rodzi się wdzięczność za ten proces, który umocnił i rozjaśnił w głowie Czarnej Pantery. Wszystko nabiera innych kolorów, z innej perspektywy widzi nie tylko siebie, ale i mężczyzn oraz kobiece siostry. Wszystko się powoli ociepla i dąży do doświadczenia miłości. W końcu przychodzi spełnienie miłości czystej, bezwarunkowej. Pantera odkrywa, że zawsze miała w sobie miłość, tylko jej do tej pory nie przyjmowała, bo jako mała dziewczynka słyszała, że nie istnieje. Uwierzyła w to i doświadczyła własnej niewiary w miłość, ponieważ przyciągamy do życia to, o czym myślimy.

Kochana Czarna Pantero! Brak miłości nie istnieje. To tylko program umysłu, który wlewany jest nam od narodzin po to, by umysł mógł nami sterować. Każdy ma olbrzymie pokłady miłości w sobie i potrafi je wydobyć, jeśli tylko zaufa i pokocha siebie, zaufa i pokocha drugiego człowieka, bezwarunkowo. Zaufa i pokocha Wszechświat. Wtedy, jako Czarna Pantera, nabierzesz blasku, obudzi się w Tobie kundalini, czyli naturalny potencjał i witalność, dzięki któremu zaczniesz przenosić góry. Nabierzesz apetytu na życie, zaczniesz prawdziwie o siebie dbać, wysypiać się, być może odejdziesz z toksycznej korporacji, zaczniesz tworzyć, delektować się gotowaniem, docenisz rodzinne życie i zawalczysz o partnera, którego przecież kochasz, bez podporządkowania czy rywalizacji. Pojawi się harmonia i odnalezienie swojego miejsca w związku, który polega na wzajemnym szacunku i zaufaniu. Jako Czarna Pantera dojdziesz do wniosku, że jeśli w relacji z mężczyznami sama nie okażesz miłości, to nie doświadczysz jej od nich. Wymianę energii zaczniesz od siebie.

Tylko miłość leczy karmę złej matki, a agresywną Czarną Panterę zamienia w łagodną, szczęśliwą kotkę mruczącą na kolanach.

III

Pajęczyca – kontrola i brak własnej przestrzeni

Pajęczyca pokazuje Ci, jak traktujesz własną przestrzeń oraz przestrzeń innych. Pomaga Ci przepracować pojęcie kontroli w Twoim istnieniu, a także to, jak podchodzisz do swojej twórczości i kreacji. Czy nie jest ona kontrolowana z zewnątrz, naginana do potrzeb innych i czy w ogóle istnieje? Przypomina, że to Ty sama tkasz swoją nić życia i tylko od Ciebie zależy, jak ona będzie wyglądać.

Wyobraź sobie siebie w postaci pająka, zrób krótką medytację z taką intencją. Zobacz, jak wyglądasz, jakim pająkiem jesteś. Czy lubisz się w takiej „skórze" czy nie? Rozejrzyj się dookoła i popatrz na swoją pajęczynę. W jakim jest stanie? Jaki ma kolor, strukturę, czy jest czysta z kroplami rosy, a może poplątana gdzieś na strychu, pomieszana z kilkuletnim kurzem? Poczuj, jak czujesz się na niej. Czy jest to Twoje miejsce, w którym chcesz przebywać, czy raczej chcesz stamtąd uciec jak najprędzej. Jeśli cokolwiek Ci na niej przeszkadza – masz moc, by się tego pozbyć. Jeśli coś Cię zaciekawiło – podejdź do tego i przypatrz się z bliska, z perspektywy obserwatora. Jeśli chcesz coś na niej lub w niej poprawić – masz moc, by to zrobić.

Pajęczyna symbolizuje Twoją przestrzeń kreacji. Twój świat, który wokół siebie tworzysz – myślami, emocjami i czynieniem. To także świat, w którym tworzysz konkretne relacje z Twoją rodziną, przyjaciółmi, innymi istotami. Dlatego tak ważne jest, jak w tej medytacji wyglądała Twoja sieć.

Kontrola

Jeśli Twoja sieć była pełna złapanych owadów, które szamocą się w pajęczynie – zastanów się nad pojęciem kontroli w swoim życiu. Mogę Ci tu wyjawić, że moja droga z magią i pracą z energią – świadoma – zaczęła się właśnie wtedy, gdy zdecydowałam się uwolnić od wszelkiej kontroli. Nie tylko z zewnątrz, ale przede wszystkim od wewnątrz. Tego samego dnia okoliczności ułożyły się w taki sposób, że zaczęłam rozmawiać z Królestwem Natury, otworzyłam się na szersze postrzeganie.

Teraz Ty uświadom sobie, jaka kontrola więzi Ciebie – jak owada – na pajęczynie. Czy to kontrolujący mocno ojciec, który nie pozwalał na wiele rzeczy? A może mama, która komentarzami zabierała Ci pewność siebie? Może szkoła, w której zawsze mówili Ci, co masz robić? Albo media, którym uwierzyłaś w to, co mówią, jak masz o sobie myśleć, do czego dążyć, w jaki sposób działać? Każda taka kontrola to pajęczyna owijająca się wokół Twojego istnienia, by Cię zniewolić. Ale możesz też kontrolować samą siebie. Najlepszy przykład – waga i sylwetka. Jak często sprawdzasz, ile ważysz? I jak wynik na wadze zmienia Twoje samopoczucie? Albo harmonogramy dnia, które sobie narzucasz, planujesz. Niespodziewana sytuacja w ciągu dnia wyprowadza Cię z równowagi, bo rujnuje Twój plan. Przyspiesza Ci oddech, drżą ręce, włącza się stres i agresja wobec otoczenia. Czujesz się zagrożona, jeśli coś nie idzie według planu stworzonego przez umysł. Jednak życie to ciągła zmiana i dobrze jest puścić kontrolę, by płynąć zgodnie z jego nurtem, zmieniając jedynie kierunek odpowiednimi intencjami i zaufaniem, że wszystko potoczy się zgodnie z najlepszym porządkiem Wszechświata. W swoim idealnym czasie, w odpowiednim miejscu.

Z ziemskiego punktu widzenia, spóźnienie do pracy może urastać do rangi tragedii, ale z wyższego wymiaru – mogłaś się tam spóźnić, by uniknąć złych energii albo doświadczyć czegoś lepszego w innej przestrzeni. Pajęczyca jest tym Zwierzęciem Mocy, która tka swoją sieć intuicyjnie, bez kontroli umysłu, zgodnie z porządkiem Królestwa Natury. I właśnie tak jak ona, postaraj się intuicyjnie podchodzić do życia i swoich planów, zamiast skupiać się na harmonogramach i akuratnym zachowaniu, otwórz się na spontaniczność.

Możesz nie uświadamiać sobie pewnych reguł i zasad, które trzymają Twoją Duszę w ryzach jak w więzieniu. By uwolnić się z tego, wystarczy Twoja chęć uwolnienia się i wyjście poza kontrolę.

Skoro już jesteśmy przy intencjach – zastanów się, w jaki sposób puszczasz je w świat. Kiedy o coś prosisz, to czy od razu dodajesz, jak ma to zostać spełnione? Wtedy narzucasz warunki procesu i osłabiasz siłę spontanicznej intencji. To jest tak, jak byś wypuszczała z łuku strzałę, która jest szybka i błyskawicznie dotrze tam, gdzie ma dotrzeć. Jednak Twoje oczekiwania i wyobrażone metody spełnienia intencji, dodają strzale ciężarki, kierujące ją w strefy, gdzie intencja może zgubić cel. Rozdrabnia się i spowalnia. Dlatego, jeśli puszczasz intencję, wyobraź sobie, że piszesz ją na strzale – prosto, bez opisywania i warunkowania. Wystrzel ją w słońce. Opuść łuk i nie zajmuj się już więcej wiadomością wysłaną do Wszechświata. Wszystko się spełni, nie musisz się martwić, zaufaj biegowi wydarzeń.

Nić relacji

Jeśli przerabiamy jakąś blokadę w sobie, ona działa zawsze w dwie strony. Jesteśmy zarówno katem, jak i ofiarą. Pokażę Ci to na przykładzie opisanej wcześniej kontroli. Skoro kontrolujesz siebie, to jednocześnie pozwalasz na to, by być kontrolowaną – jesteś i katem, i ofiarą w jednym. To samo dzieje się na zewnątrz Ciebie. Jeśli czujesz, że ktoś ogranicza Twoje ruchy i przeszkadza Ci to – jest to dla Ciebie informacja, by zastanowić się czy przypadkiem Ty nie ograniczasz czyichś ruchów i nie kontrolujesz go swoimi lękami, oczekiwaniami, agresją skierowaną pod jego adresem, czy wątpliwościami, że da sobie w życiu radę. Pajęczycami są zwykle nadopiekuńcze matki, które wciąż żywią się lękiem o swoje dzieci. Zawsze muszą wiedzieć gdzie i z kim są, co zjadły, czy im nie zimno, są w stałym kontakcie z wychowawcą klasy. Pajęczyce nawet dorosłemu dziecku podtykają jedzenie pod nos i komentują partnerów, najczęściej negatywnie, dając sobie prawo do rozporządzania sercem i miłością drugiej istoty. Często zdarza się też kontrola finansowa, która łatwo buduje zniewalające zależności.

Pajęczyca nie może puścić kontroli nad dorosłym dzieckiem, ponieważ nie ma własnego życia. Kontrolę myli z miłością. Swoją uwagę poświęca dzieciom, usprawiedliwiając w ten sposób brak własnych zainteresowań i pasji. Jeśli rozpoznajesz w sobie Pajęczycę, musisz wiedzieć, że takie trzymanie na smyczy – pajęczej sieci – swoich bliskich nie służy Waszym relacjom. Twoja energia oplata ich, zabierając im przestrzeń i wolność. Odbierasz im okazję do doświadczania życia tak, jak chcą. Pastwisz się w ten sposób nad własnymi dziećmi, bliskimi, pracownikami, by być królową sytuacji. Pociągasz za sznurki i boisz się, żeby ich nie puścić, by nie stracić kontroli nad rzeczywistością. Sama w ten sposób się więzisz, unieszczęśliwiając jednocześnie dzieci i bliskich, których kochasz. Nie obwiniaj się, to jest tylko etap, przez który miałaś przejść, na który zgodziła się Twoja Dusza, żeby czegoś doświadczyć. Ale masz już tego świadomość – to najważniejsze. Zaakceptuj to i podejmij decyzję, czy nadal chcesz działać ze strachu przed puszczeniem kontroli, która powoduje, że tkwisz w martwym punkcie, powielając schemat.

Pajęczyca, bardzo zafiksowana na kontroli bliskich, jest w stanie nawet się rozchorować, by przyciągnąć do siebie uwagę innych i uwiązać ich przy sobie. Puść ich, jeśli dotyczy to Ciebie. Przerwij w końcu pajęczą nić zależności, a zobaczysz, jak wyfruną pięknie z gniazda, gotowi na przygodę życia. Taka relacja nie odbywa się tylko na linii: matka–dziecko. To może być pajęcza nić między partnerami, przyjaciółmi, osobami w pracy. Jej działanie polega na kontrolowaniu czyjegoś zachowania, życia, wyborów, decyzji, poprzez ocenianie i narzucanie własnej woli.

Jeśli zobaczyłaś siebie w roli Pajęczycy jako zaborczą matkę, partnerkę czy współpracowniczkę – gratuluję. Uświadomiłaś sobie kontrolę, w której tkwisz. Łatwiej będzie Ci teraz uwolnić się z niej, uwalniając jednocześnie swoich bliskich.

Pewnie boisz się pustki, myśląc o momencie, w którym uwolnisz z sieci wszystkie swoje zniewolone muchy. Czym teraz będziesz się zajmowała, o czym myślała? Jaka będziesz? Ta pustka, to nowa przestrzeń, którą dałaś sobie w prezencie. Nie bój się jej. Znajdziesz tam tylko to, co sama świadomie zaprosisz. To Twoja kreacja, Twojej czystej od programu świadomości. Zobacz teraz oczami wyobraźni, jak tkasz na nowo swoją pajęczynę. Pająki często siedzą w jej centrum, sugerując Ci w ten sposób, byś skierowała się właśnie tam, czyli na siebie i stamtąd tworzyła nowe życie.

Schemat kontroli może być również odwrócony. To Ty możesz być dzieckiem, partnerką, przyjaciółką, uwikłaną w sieć innego Pająka. Sprawdź, czy któraś z osób nie trzyma Cię na lince kontrolującej Twoje życie. Uświadom sobie, jakie mechanizmy wykorzystuje, by mieć Ciebie zawsze obok, przyciągać do siebie, gdy tylko chcesz doświadczyć czegoś samodzielnie, pójść wyżej. Rozejrzyj się dokoła, czy nie masz obok siebie, a raczej nad sobą osób, które mówią Ci, jak masz żyć. Gdy je zobaczysz, wyobraź sobie pajęczą sieć między Wami. Zobacz, jaki ma kolor, czy jest mocna, elastyczna, z czego jest zbudowana. Poczuj czy Ci służy, czy raczej zniewala i krzywdzi. Stań w prawdzie w tej relacji i poczuj, co chcesz z nią zrobić. Jeśli chcesz ją definitywnie przeciąć, zrób to. Kiedy chcesz uzdrowić tę relację, poproś o pomoc konika polnego lub zieloną żabkę z Amazonii. Jeśli chcesz ją zostawić taką, jaka jest – zostaw. Twoja wolna wola jest priorytetem.

Zadbaj o to, by Twoja pajęcza sieć była czysta od energetycznych wampirów, niskich wibracji, blokad i programów. Oczyszczaj ją i wypełniaj Światłem oraz tymi jakościami, których pragniesz w swoim życiu. Tylko Ty tkasz własną nić życia.

Telepatyczna więź

Kiedy jest mi źle lub gdy czekam na odpowiedź na zadane pytanie, wtedy bliskie mi osoby z różnych stron świata przesyłają mi dobrą energię i wskazówki. Robią to często nieświadomie, a czasem dokładnie wiedzą, czego mi potrzeba. Są wysłannikami konkretnych energii, o które poprosiłam. Jako Wilczyca w sercu nazywam ich swoją watahą. Jest między nami niewidzialna nić, łącząca nasze istnienia. Możesz wyobrazić ją sobie właśnie jako nić pajęczą, telepatyczną siatkę, dzięki której komunikujemy się ze sobą na różnych poziomach świadomości. To może się zdarzyć przez sen albo obraz. Ktoś wie, w którym momencie ma do mnie zadzwonić lub wysłać odpowiedniego gifa, cytat albo fotografię w mailu. Trudno wyjaśnić działanie takiego połączenia, ale działa niezawodnie.

Też jesteś Pajęczycą, która z centrum dowodzenia ma dostęp do swojej watahy – pajęczej rodziny. Przypomnij sobie takie zdarzenia, gdy ktoś pomógł Ci słowem, komentarzem, albo odpowiedział na zadane przez Ciebie w skrytości pytanie czy wątpliwość. To nie musiał być ktoś bliski, może to była osoba spotkana w pociągu, której mądre słowa utkwiły Ci na dobre w pamięci. To jest właśnie pajęcza sieć, która łączy Cię z mądrością Wszechświata. Zadając pytanie lub prosząc o coś, poruszasz nitki, a drgania lecą aż na sam koniec, wracając z odpowiedzią i rozwiązaniem sytuacji. To przepływ mądrości i miłości – od Przodków, z Wszechświata, ze Źródła. Dbaj o tę nić, otwierając szeroko oczy świadomości. Jeśli czujesz, że masz komuś coś powiedzieć, pojechać do niego, kupić mu dziwny drobiazg lub wręczyć kamyk z plaży – po prostu to zrób. To może być bardzo istotne dla tej osoby, bo właśnie szuka odpowiedzi, a Ty mu ją w ten sposób dajesz.

Kreacja

Pajęczyca tka nić w przepiękny wzór. Naucz się od niej tkać własną nić życia, by stworzyć z niej przepiękną przestrzeń dla siebie. Nie musisz być w niej sama. Możesz zaprosić do niej tych, których kochasz miłością bezwarunkową, dając im wolność wyboru czy chcą uczestniczyć w Twoim życiu.

Pajęczyca z blasku, to czysta kreacja. Pajęczyca, to symbol płodności, czyli właśnie – kreacji. Przypomnij sobie radość i satysfakcję, gdy zrobiłaś coś, o czym od dawna marzyłaś. Coś długo rodziło się w Twojej głowie, aż w końcu wyszło na zewnątrz. Napisałaś artykuł, namalowałaś obraz, zasadziłaś ukochaną lawendę, upiekłaś chleb. Przypomnij sobie, jak dobra energia rozpierała Cię od środka – ten ogień tworzenia, który daje siłę. To jest ogień Stwórcy. A co, jeśli wymyśliłaś sobie całą rzeczywistość? To, kim jesteś, z kim jesteś, czym się zajmujesz? Stworzyłaś to własnymi myślami tak realnie, że możesz tego dotknąć. Ambitne Dusze schodzą do materii, zamieszkują ciała, by doświadczyć dotknięcia własnej kreacji zrodzonej z myśli. Widzisz, kto jest Stwórcą? Zacznij zatem od nowa z czystą świadomością, że każdy Twój gest, myśl, uczucie, to nowe życie. Twoje życie. Zastanów się, o czym marzysz i stwórz to. W końcu jesteś kreatorką samej siebie.

Napisz na kartce listę marzeń, które zawsze chciałaś zrealizować i które zawsze odkładasz na potem. Zastanów się, co blokuje ich realizację – brak finansów, domowe obowiązki, brak czasu, okoliczności. Tak naprawdę, to Ty stwarzasz blokady, usprawiedliwiając swój brak chęci do działania i zagnieżdżenie się w strefie komfortu. Zobacz, jak sama zawijasz siebie w pajęczą sieć, ograniczając jakiekolwiek ruchy. Tobie brakuje wiary, że się uda. Jeśli czegoś naprawdę chcesz, zrobisz to. W ten sposób tworzysz wokół siebie nową, świetlistą strukturę z marzeń, która ma już zupełnie inne wibracje. To już czysta energia idąca z centrum Ciebie. Narysuj ją i naklej na nią albo napisz na niej swoje plany i marzenia, o których od dawna myślisz. Niech znajdą się na Twojej pajęczynie – realnie, czarno na białym lub na kolorowo. Wracaj do niej i patrz, co już zrealizowałaś. To Twoja mapa do celu, by być szczęśliwą.

IV

Syrena, Foka – zablokowana seksualność

Jeśli bezskutecznie walczysz z chorobami kobiecymi: od nieregularnych krwawień, przez bolesny okres, powracającą grzybicę czy zmiany nowotworowe – zastanów się, co takiego krzywdzi Twoją macicę i kobiecość, że tak mocno widać to w materii Twojego ciała? Na to pytanie pomoże Ci znaleźć odpowiedź Syrena albo kobieta Foka. To symbole podobnych energii – jedna bardziej baśniowa, druga zwierzęca. To istota z podwodnego świata, której seksualność jest z jakichś powodów zamknięta. Zaobserwuj Syrenę. Jej zimny, rybi ogon, to symbol zablokowanej kobiecości. Jest piękna, ale zimna, jak ryba właśnie. Jej kobiecość i seksualność są schowane, zamknięte pod rybimi łuskami.

Spotkanie z Syreną to spotkanie ze swoją kobiecością i oczyszczenie jej centrum, czyli macicy. To tam chowają się wszystkie traumy na bazie seksualnej. Wszelkie wykorzystania i przekroczenia granic Twojej niewinności. Tam, w Twoim świętym kielichu, kumulują się krzywdy, których doświadczyłaś. Niewypowiedziane żale, złość na siebie za naruszenie granic własnego dobra, smutne wspomnienia.

Zobacz, ile warunków odnośnie do Twojego ciała, postawił nowoczesny świat. Przede wszystkim to, jak masz wyglądać: szczupła, z długimi blond włosami i jędrnym biustem, na wysokich obcasach i w krótkiej spódniczce. Makijaż ma poprawić Twoją twarz. Wszelkie wybory miss, kobiece magazyny mody, operacje plastyczne, które mają poprawić wygląd, to nic innego, jak tylko kontrola Twojego ciała i karmienie Ciebie brakiem akceptacji do siebie samej. Masz wyglądać tak, jak tego oczekują mężczyźni, świat, media. Nie możesz wyglądać naturalnie, jak Ty. Reklamy i wszelkie rankingi urody „wgrywają" Ci wzór do naśladowania. Dążysz do jakiegoś wyimaginowanego obrazu, który ma zrobić z Ciebie przedmiot. Kobiety Syreny często zgadzają się na rolę ozdóbki przy boku mężczyzny. To często kochanki lub bardzo młode dziewczyny u boku starszych, dobrze sytuowanych mężczyzn. Nie widzą wartości i siły w sobie, a rekompensują ją odpowiednim partnerem. Szukają w nim opieki i potwierdzenia własnej wartości, której nie są do końca pewne. Starają się sprostać jego oczekiwaniom, by tylko je pieścił i kochał. Jednak on raczej chce się nimi chwalić. Mężczyzna, który poczucie własnej wartości potwierdza samochodami, domem z basenem i coraz młodszymi partnerkami, sam mocno nie wierzy we własną wartość i otacza się drogimi gadżetami, by pokazać sobie, że jest czegoś wart. Tak, kobieta Foka jest dla niego również gadżetem.

To jest kontrola na poziomie ciała i umysłu, byle byś tylko nie była sobą. Poprzez takie programy wciąż myślisz, że jesteś niewystarczająca, pełna kompleksów i porównań do niedoścignionego wzorca. A jesteś piękna i wystarczająca sama z siebie. Zaobserwuj foki w wodzie, jak tańczą z wdziękiem pod wodą, jak są gibkie i sprytne – jesteś taka sama i niczego Ci nie brakuje.

Kolejną kontrolą kobiecości są oczekiwania co do Twojego zachowania. Dziewczynka musi być grzeczna, posłuszna, coś jej wypada, a czegoś w ogóle nie wolno jej robić. „Grzeczne dziewczynki tak się nie zachowują" – pada co jakiś czas stwierdzenie, gdy jesteś jeszcze dzieckiem. Masz się bawić lalkami i oglądać filmy o księżniczkach, inne tematy są dla chłopców. To Ciebie uczą gotować i Ty pomagasz w domu przy porządkach, podczas gdy Twój brat biega wolny całymi dniami na dworze. Robią z Ciebie służebnicę, która ma spełniać wymagania innych.

Gdy dorastasz i zaczynasz stawać się kobietą, zewsząd spadają na Ciebie ostrzeżenia – nie zachowuj się tak wyzywająco, nie spotykaj się z nim, na pewno nic dobrego z tego nie wyniknie. Jakby Twoje decyzje jak żyć i jaką być zależały od zgody innych. A przecież Ty sama wiesz, jak chcesz żyć i nic nikomu do tego. Przez takie obostrzenia stajesz się księżniczką zamkniętą w wieży, a smokiem jest Twój ojciec lub brat, który pilnuje Ciebie przed innymi mężczyznami. Gdy zakochujesz się, jesteś zaganiana do książek, bo spotykanie się z chłopakami Ci nie przystoi. Karmiona takimi wzorcami, zaczynasz ukrywać swoją kobiecość i piękno, bo są dla Ciebie jedynie źródłem upokorzeń i zniewolenia. Ukrywając się, zaczynasz znikać nawet przed samą sobą.

Choć masz dość, chowasz wszystkie krzywdy i przekroczenia granic Twojego „ja", głęboko w siebie. Właśnie w strefę podbrzusza, w macicy, gdzie wszystkie krzywdy i smutki osiadają, jak spadające zeschłe liście.

Bycia kobietą doświadczasz od strony cienia. Masz dość swojej płci, odrzucasz ten dar, bo do tej pory przysporzył Ci tak wiele zmartwień.

Jednak zastanów się teraz, dlaczego Twoja kobiecość i seksualność, Twoje piękno, są tak mocno kontrolowane? Ponieważ to jest źródło Twojej mocy. Dlatego wskrzesz je w sobie, by nikt nie mógł Ci już zrobić krzywdy.

Męski świat uzurpuje sobie prawo do decydowania o kobiecej seksualności, o kobiecym ciele, widząc w nim jedynie przedmiot realizacji swoich oczekiwań i wymagań. Nie pozwól się tak traktować, postaw jak najszybciej granice, a swoją seksualność i kobiecość traktuj jak moc, wolną od wszelkich programów. Wtedy będziesz silna. Stawiaj granice zawsze wtedy, gdy czujesz, że ktoś za chwilę zabrnie za daleko. Możesz to zrobić intuicyjnie: narysować wokół siebie okrąg palcem na piasku, rozsypać w ten sposób sól, otoczyć się kryształowymi koralikami, zatoczyć dłonią okrąg w powietrzu czy zapalić wokół siebie koło ze świec. Wyraź swoją wolę, że teraz ta przestrzeń jest wolna i nikt, kto chce Cię skrzywdzić, nie ma prawa w tę przestrzeń wejść. Żadna niska energia, żadne oczekiwania i wymagania, które naruszają Twoją strukturę. Wyraź swoją wolę, że chcesz przyjmować tylko bezwarunkową miłość, pełną akceptację Ciebie i uzdrawiające Światło. Powtarzaj ten rytuał, kiedykolwiek poczujesz, że Twoje granice na nowo są spychane, a niskie energie zabierają Ci przestrzeń. Zaobserwujesz wtedy totalną zmianę w zachowaniu innych – ich bezradność, gdy będą chcieli Cię do czegoś zmusić. Dzięki tej blokadzie nic krzywdzącego się nie prześlizgnie.

Kobiety Syreny, przez doświadczenia dzieciństwa, wchodzą w schemat spełniania oczekiwań mężczyzn. Tak mocno nie wierzą w siebie, że stają się obrazem oczekiwań innych. Odchudzają się, wstrzykują botoks lub zamieniają w domowe służące. W łóżku spełniają zachcianki mężczyzn, nie myśląc o własnej rozkoszy.

Rozkosz i przyjemność z seksu również jest kobiecie zabroniona. Programy wychwalające niewinność i czystość nie pozwalają na cieszenie się seksem i bliskością dwóch ciał. Wiedz, że to tylko program. Akt seksualny to wyraz miłości do siebie, do swojego ciała i drugiej osoby, którą się kocha. W tym jest niewinność – to jest dobre, gdy wynika z miłości. Niestety, programy cywilizacyjne odarły seks z piękna i niewinności, nakładając na niego blokadę wstydu i plugastwa. Taki jest ich obraz aktu seksualnego, widzianego przez pryzmat hipokryzji i fałszu. Twój obraz miłości cielesnej może być inny, czysty od tych programów. Trzeba tylko nauczyć się na nowo kochać siebie, również swoje ciało.

Kiedy stajesz się dziewczyną, zaczyna budzić się w Tobie piękno. Rozkwitasz i doświadczasz nowych, pięknych doznań. Gwałtowne bicie serca na widok pięknego chłopca, gorąco i motyle w brzuchu na sam dźwięk jego imienia. Nie ma w tym nic wstydliwego. Zaczynasz kochać – nie tak, jak kochasz rodziców. To coś nowego, co budzi w Tobie kobiecy ogień. Wszyscy wkoło mówią Ci, że nie możesz tego wyrazić, przyznać się do uczucia miłości, ponieważ dziewczyna ma czekać na księcia z bajki i nie może wyjść sama z inicjatywą, to nie wypada. Ten program zabija chęć i naturalną potrzebę wyrażania uczuć. Nie tylko miłości wobec chłopca, ale też wszelkich prawdziwych uczuć, które w Tobie drzemią. A to przecież tak istotne, wyrażać swoje uczucia – w tym jesteś Ty cała. Stajesz się więc zamknięta i zimna. Jeśli oprócz uczuć, Twoje zainteresowania i pasje również zostaną wtedy zablokowane, wówczas na długo

mogą zniknąć z Twojego życia. Zanim do nich nie wrócisz i nie spróbujesz ich zrealizować, nie poczujesz spełnienia.

Twoje dziewczęce ciało zaczyna się zmieniać – to natura, przed którą nie uciekniesz. Nie daj sobie wmówić, że to złe i to Twoja wina, że tak się dzieje. Stajesz się kobietą – boską istotą, boginią. Zaakceptuj to i ciesz się tym. Rodzi się w Tobie chęć kreacji – chcesz tańczyć, eksperymentować w sporcie, malować albo pisać książki. Chcesz wyrażać swoje piękno na zewnątrz. Jednak znowu przychodzą niezawodne programy i zamykasz się, bo nie wypada cieszyć się swoim pięknem.

Uświadom sobie, że w kobiecości nie ma winy. To Twoja natura, którą wielu chce stłamsić, bo się jej boi. Wielbi, ale boi się. Nie odbieraj sobie prawa do bycia sobą, taką jaką chcesz, a nie inni.

Jeśli Syrena/Foka jest Twoim lustrem, to stańcie naprzeciw siebie. Powiedz jej, jaka jest piękna i mądra, jak cudownie się porusza i ile daje Ci zachwytu swoją naturalnością. Popłyń razem z nimi w głąb oceanu, kołysząc biodrami pod wodą, ciesząc się miękkimi ruchami i dotykiem chłodnej wody.

Kiedy każdego dnia ktoś przekracza Twoje osobiste granice – w ciele, sercu, umyśle – zaczynasz zamykać się na zewnętrzny świat, ale przede wszystkim, na siebie. Już nie wiesz, kim jesteś, czujesz osamotnienie. Cokolwiek chcesz powiedzieć szczerze – wykrzyczeć złość albo opowiedzieć piękny sen, czy wyrazić miłość – Twoje usta są kneblowane matriksowymi komentarzami. Jesteś wyśmiewana przez osoby żyjące tylko programami i niewidzące nic poza nimi. Czujesz wtedy samotność, która zatruwa Twoje wnętrze. Jednak w głębi serca masz swój świat, zawsze go miałaś, jesteś tam i pływasz pod wodą z gracją, jak Foka. Nie wpuszczasz do niego nikogo, czasem nawet samej siebie. To Twoje marzenia, bogata wyobraźnia, delikatność i wrażliwość. To Twoja siła i czystość widzenia. Zapukaj do tego świata, otwórz drzwi i zanurz się w tym tajemniczym ogrodzie. Jest tam pełno pięknych istot, Zwierząt Mocy, bogiń, druidów i wróżek. Wysyłają do Ciebie bezwarunkową miłość i Światło, ponieważ kochają Ciebie taką, jaką jesteś. Jak tam wejść? Kluczem do tajemniczego ogrodu jest zaufanie do siebie, że wszystko, co myślisz, choć jest tak inne od narzucanych opinii, jest dobre i właściwe. Żeby użyć tego klucza, potrzebna jest odwaga, by wyrażać siebie na wszelkie możliwe sposoby. Miej odwagę zawalczyć o każdy przejaw swojej kobiecości, jakakolwiek ona jest. Pamiętam, gdy w wieku 14 lat postanowiłam zostać wegetarianką, sprzeciw ojca i jego zdrowotne argumenty, nie zrażały mnie. Pamiętam jeden obiad, podczas którego przez godzinę siedziałam nad talerzem z nietkniętym kotletem schabowym. Nie mogłam wtedy odejść od stołu, póki go nie zjem. Takie dostałam ultimatum. Trwało to godzinę, w końcu mama zaniosła mój talerz do kuchni – wygrałam, rodzice zaakceptowali mój wybór. Przez mój upór zrozumieli, że jeśli tak jasno pokazałam swoje zdanie, widocznie jest to dla mnie bardzo ważne. Nie bój się zawalczyć o siebie. Jeśli nie spróbujesz, nie doświadczysz zwycięstwa i satysfakcji.

Na jednej z medytacji miałam dziewczynę, która związała się z dużo młodszym partnerem. Rodzice z obu stron nie chcieli tego zaakceptować, wyrażając wciąż kompromitujące opinie pod adresem pary. Doprowadzili do tego, że dwoje ludzi rozstało się, mimo ogromnej miłości do siebie. Komentarze rodziny wpuściły w ich relacje truciznę wątpliwości, a kiedy w myślach zakiełkuje zwątpienie, rzeczywistość i jej odbiór zmienia się diametralnie. Miłość jednak zwyciężyła. Dziewczyna zrozumiała w końcu, jak bardzo pozwoliła wpuścić nieprzychylnych ludzi do swojej przestrzeni. Zaczęła o siebie walczyć. Jednym z manifestów było pomalowanie mieszkania na różne kolory, które podobają się jej, a nie innym. Pomagał jej w tym partner. Czasem wystarczą proste gesty, by wyrazić siebie i postawić granicę pomiędzy sobą a opinią innych na swój temat. Odwaga jest jak ryk Lwa, który podkreśla swoją obecność na danym terenie. Ona rozsupłuje wszelkie pęta.

Jak pracować z Foką, żeby program uzależnienia od opinii innych oraz bierność zmienić w odwagę i wiarę w siebie? Przede wszystkim, wróć do swojego wewnętrznego świata. Niech Foka w medytacji zaprowadzi Cię w głąb oceanu, gdzie jest Twój pałac, Twoje siostry i bracia, istoty wspierające każdy przejaw Twojego istnienia. Zobacz, czy jest tam coś, co chcesz naprawić. Może są tam istoty, które z góry pokazują Ci, gdzie jest Twoje miejsce. Nie pozwól na to i sama znajdź wygodne miejsce dla siebie, które nie powoduje Twojego smutku, kompleksów, albo nie wystawia na ośmieszenie. Jeśli masz o to zawalczyć – walcz. Zobaczysz, że znajdziesz w sobie siłę, by to zrobić.

Wiara w siebie to zadbanie o własne dobro. Zacznij od prostych czynności, jak zatroszczenie się o swoje ciało, z miłości do niego, a nie, żeby przypodobać się innym. Jeśli nie znosisz chodzić w szpilkach – wyrzuć je. Jeśli wciąż się katujesz dietami – odrzuć je i z miłością nakarm swoje ciało. Urządź własny pokój, przestrzeń w pracy zgodnie z estetyką, którą kochasz. Nieważne czy komuś się to spodoba, czy nie. Ważne, byś Ty czuła się tam wspaniale. To pierwsze kroki. Potraktuj siebie jak małe zwierzątko, które potrzebuje opieki, jest zagubione i przestraszone. Wyobraź sobie teraz, że w dłoniach masz małego ptaszka i dajesz mu moc bezwarunkowej Miłości. Tyle, ile masz w sobie. Zobacz, jak się uspokaja, wypełnia go poczucie bezpieczeństwa i błogość. Czuje, że jest zaopiekowany, kochany i zadbany. Taki, jaki jest, bez oczekiwań i bez wątpliwości. Wie, że jest akceptowany w całości. Szepnij do niego: kocham cię, jestem przy tobie, jesteś wolny.

Zobacz, jak się zmienia. Może, przez Twoją miłość do niego, zmieni się w inne zwierzę, Zwierzę Mocy. Zobacz, jak się wzmocni i odważnie pofrunie wysoko. Możesz pofrunąć razem z nim, jeśli tylko tego chcesz.

Foka zwinnie porusza się w swoim świecie, ponieważ jest to królestwo wody, czyli emocji – uczy Cię, jak radzić sobie z emocjami i rozpoznawać ich sygnały. Jednak najważniejszą nauką Foki, jest poznanie swoich potrzeb. Czego, tak naprawdę, chcesz od życia, co chcesz dziś zrobić, co w tej chwili czujesz, jaki dotyk lubisz, a jakiego nie. Znajomość własnych potrzeb jest doskonałą wskazówką do tego, by żyć w szczęściu, bo wtedy wiesz, co spełniać i dlaczego. Weź kartkę i odpowiedz sobie na parę pytań. Jakie życie chcesz wieść? Co w nim robić? Jakie cechy lubisz w sobie, a jakie chciałabyś bardziej rozwinąć? Jakie relacje lubisz, a przed jakimi się wzdragasz? Zadaj też sobie pytanie, co Ci smakuje i w jakich okolicznościach uwielbiasz przebywać? Jaki dotyk lubi Twoje ciało? Poznając swoje potrzeby, poznajesz siebie. Uczysz się, co jest dla Ciebie dobre, a co sprawia, że Twoje wibracje spadają. Wchodzisz do centrum, z którego zaczynasz dowodzić i kierować własnym życiem.

Przypomnij sobie Pajęczycę i jeszcze raz zatocz koło wokół siebie, by utworzyć przestrzeń, do której nikt o niskich wibracjach nie ma dostępu. Żadne obce energie – wtedy dowodzisz z serca.

Jeśli usłyszysz kiedykolwiek słowa dezaprobaty, to wiedz, że przez usta wypowiadających takie słowa przemawia program. To nie ich wina, są tylko narzędziami, dzięki którym masz przejść przez proces, żeby uwierzyć w siebie. Masz w sobie wystarczająco dużo siły, by zwyciężyć i uwolnić się od nich. Wtedy zaczniesz życie na swoich zasadach, będziesz kroczyć własną ścieżką. To Ty ustalasz reguły własnego życia. Napisz na nowo konstytucję własnego „ja". Tylko Ty. Wtedy Twoje działania staną się wolne od ograniczeń i będziesz w stanie przenosić góry, które staną się lekkie albo rozpuszczą się w przestrzeni. Twoja nowa jakość wypełni Cię od środka. Wszystkie blokady w ciele, umyśle i Duszy znikną. Będziesz wolna. Poczujesz, że jesteś królową podwodnego świata, w którym istniejesz jako Foka. Zmienisz się w srebrzyste Zwierzę Mocy, które lśni własnym światłem. Nie będzie już mroku, bo Światło masz w sobie.

V

Ćma – niezrealizowany potencjał

Srebrzysta, tajemnicza, cicha jak noc w blasku księżyca. Fruwa w ciemności w drodze do światła, zahipnotyzowana jego siłą i blaskiem. Ucieka przed ciemnością w sobie, skrywa siebie – swoje światło – w tym mroku i zapomina o własnym istnieniu.

Kobieta Ćma, to dla mnie marzycielka. Jej kreacja i jej osobowość mają ogromny potencjał, są pełne baśni i przepięknych metafor. Jej świat wewnętrzny bogaty jest w obrazy i istoty nie z tego świata. Jej wyobraźnia, to kraina czystej, nieskażonej kreacji prosto z serca. Jednak Ćma nauczyła się skrywać to wszystko w sobie. Chowa całą siebie do szuflady swojego serca i zamyka na klucz. Natomiast na zewnątrz daje się biernie prowadzić innym. Dlaczego tak bardzo boi się swojego działania pochodzącego z jej piękna, a wybiera utarte szlaki wskazane przez innych?

Jako mała dziewczynka miała dużo do powiedzenia. Jej wyobraźnia pełna była kolorów i dziwnych stworzeń. Jej świat lśnił magią i czystą energią. Jednak nikogo to nie interesowało – jej opowiadania, niewidzialni przyjaciele i magiczne sny. Często była uciszana i uspokajana. Słyszała, że jest głupiutka i wymyśla sobie niestworzone historie. Odsyłano ją, by odrobiła lekcje i strofowano, żeby nie odzywała się, gdy mówią dorośli. Nie doceniano jej wnętrza, tak innego, bo wypełnionego czystą magią dziecięcej wyobraźni.

Z czasem nauczyła się, że cokolwiek robi, jest niewłaściwe i trzeba to zrobić w inny sposób. „Jesteśmy dorośli i lepiej wiemy, co jest dla ciebie dobre" – słyszała na co dzień, oddalając się od własnej inwencji i intuicji, co do swoich potrzeb. Walkę o własne potrzeby – możliwość robienia tego, na co ma ochotę i wyrażania swoich pomysłów na życie przypłacała wyłącznie krytyką i łamaniem jej woli. Powoli w główce małej kreatorki rosła wątpliwość co do jej wartości, wytworów wyobraźni, planów i sposobu działania. Jej zdanie na jakikolwiek temat było pomniejszane, niesłyszane lub bagatelizowane. „Dziecko, słuchaj dorosłych, co za bzdury opowiadasz, zajęłabyś się czymś pożytecznym". Wątpliwości dojrzewają w końcu do podjęcia decyzji, by przemilczać i się nie odzywać, a całą kreację schować pod poduszkę, jak sekretny pamiętnik zamykany na klucz. Czasami, co gorsza, Ćma decyduje się wyrzucić całkowicie swój świat z głowy i serca. Zaczyna udawać kogoś innego, niż jest w rzeczywistości. Otoczona niskimi wibracjami otoczenia, doświadcza życia, do którego jej Dusza nie pasuje. Jednak brnie w to, nie ma na tyle siły, by się temu przeciwstawić. Ma przecież zaledwie kilka lat. Radzi więc sobie, jak potrafi najlepiej. A najlepiej jej słuchać innych, w nich widzieć mądrość i słuszne decyzje, bo wtedy jest łatwiej. Niestety, za każdym razem, kiedy spełnia oczekiwania otoczenia, nie zważając na swoje potrzeby, jej serce zachodzi smutkiem, rodzi się zagubienie.

Pamiętam historię jednej dziewczyny. Studentka dostała przed gwiazdką pieniądze od rodziców, by sama wybrała sobie prezent. Chociaż chodziła dość długo po sklepach, nic jej nie odpowiadało. Chciała czegoś wyjątkowego, niecodziennego, o czym nie zapomni do końca życia. Po kilkugodzinnych poszukiwaniach zaświeciła jej w głowie piękna idea – odda wszystkie pieniądze na rzecz schroniska. Tak bardzo przecież kocha zwierzęta i chciałaby naprawić ich świat, podobnie jak swój. Nakarmi psy i kupi dla nich ciepłe koce do wyściełania bud. Zachwycona, zadzwoniła do rodziców, by podzielić się wielkodusznym pomysłem. Ale ich reakcja ścięła ją z nóg. Nakrzyczeli, że nie dadzą pieniędzy na głupstwa i że natychmiast ma kupić sobie jakiś prezent. Dziewczyna wzięła z półki pierwszą lepszą damską torebkę i zgaszona wyszła z galerii handlowej.

Z małej kreatorki, której podcięto skrzydła, wyrosła Ćma. Tajemnicza, cicha, przemykająca gdzieś bokiem, chociaż jej wnętrze srebrzy się magicznym światem. Ćma jest piękna sama w sobie, ale tego nie widzi. Wmówiono jej, że nie ma w sobie wartości. To nieprawda. Komentarze na jej temat pochodzą zwykle od ludzi, którzy leczą własną niewiarę w siebie, krytykując innych. Wciąż doszukują się u nich błędów i niepowodzeń, by samemu poczuć się dobrze. Nie są w stanie zaakceptować innych scenariuszy na życie i innych opinii, niż swoje własne. Ich ofiarami stają się właśnie Ćmy. Ale uwaga. Ćma może również sama zarazić się tym schematem myślowym i zaczyna krytykować nie tylko siebie, ale i innych. Wsiąka wtedy w mrok swoich myśli. Widzi wokół siebie tylko ciemność, ale w głębi serca wciąż za czymś tęskni. Za czymś, co było kiedyś nią samą, ale zapomniała już, co to takiego było. To kreacja z serca, ogień, który daje życie.

To światło, do którego ciągle frunie. Jednak szuka go na zewnątrz, zamiast w sobie, bo przecież nikt nigdy nie zainteresował się jej światłem. Trzeba było je przyćmić i przyciąć do ram rzeczywistości, aż w końcu Ćma przestała je widzieć i zapomniała o jego istnieniu.

Widzi światło jedynie w innych istotach. To może być mężczyzna, który ma spełnić wszystkie jej braki pewności siebie. To może być guru, uważający się za świetlistego, którego mądrości Ćma z łatwością przyjmuje do zgaszonego serca. To może być projekt, w który wciągną ją ludzie, widząc w Ćmie osobę łatwo ulegającą manipulacji i skorą do prowadzenia. Ta, wpatrzona w zewnętrzne światło owych ludzi, oddaje im własną energię i spala się jak owad w ognisku. Oddaje całą siebie na potrzeby innych, nie dostając w zamian nic lub jedynie okruch uważności, który jest jedynie przynętą.

Jeśli Ćma nie zwróci się do wewnątrz siebie, to za każdym razem źródło światła, do którego frunie – kolejny partner, kolejna praca – okaże się iluzją i spali ją.

Niepewność co do wartości własnego działania powoduje w Ćmie powstawanie blokad przed wykonaniem czegoś samodzielnie. Podejmowanie decyzji co do swojego życia pozostawia innym. Choć czuje, że chciałaby inaczej, przyjmuje racje i punkt widzenia dorosłych, zarówno jeśli chodzi o wybór dania na kolację, jak i wybór studiów, a nawet partnera. To, co dałoby jej spełnienie, nie ma racji bytu w narzuconym jej świecie. Wszystko staje się ważniejsze i pilniejsze od realizacji jej marzeń. Potrzeby męża, dzieci, rozmowa z koleżanką, sprzątnięcie domu. Kiedy, jakimś cudem, zostaje sama ze sobą, czuje się zagubiona, jak w ciemnej nocy. Szuka światełka, które powie jej, co ma myśleć, co zrobić, jakie podjąć decyzje. Jeśli o czymś marzy, umniejsza to. Nie widzi sensu, by to robić. Ćma, zamknięta w oczekiwaniach innych, powoli zaczyna się dusić. Nadchodzi jednak moment przeciwstawienia się temu i zawalczenia o swoje.

Niewyrażanie siebie powoduje w Ćmie depresję, niewiarę w własne możliwości oraz zapadanie się w cień i niemoc. Ćma czuje, że nic jej się nie udaje, że nie jest w stanie wykonać prostej czynności, ponieważ to działanie z serca jest naszą życiową energią. Gdy tworzymy coś według instrukcji innych, nie żywimy się wtedy żadną energią, oddajemy swój potencjał, całe pokłady energii, na potrzeby innych. Nie ma żadnej wymiany ani żywienia siebie satysfakcją czy radością, jest tylko poczucie powinności. Życie nie swoim życiem odbiera radość istnienia.

Ćma może się jednak zbudzić, kiedy przyzna sobie samej, że otaczający ją ludzie, praca, wydarzenia – to tak naprawdę zły sen, w którym się znalazła. Przez oddanie sterów swojego życia w ręce innych ludzi, przez przyjęcie ich perspektywy patrzenia na świat, znalazła się w miejscu, do którego nie chciała dojść. Przebudzenie z koszmaru, to punkt zwrotny, kiedy Ćma postanawia zmienić się w Motyla.

Ćmie potrzebne jest wsparcie, aby poczuła, że cokolwiek zrobi, jest to dobre. Ona ma zwykle duże ambicje i wymagania wobec siebie. Jeśli ma coś zrobić, to najlepiej tak, żeby dostała za to Nagrodę Nobla lub by pisano o tym w gazetach. Z takim oczekiwaniem wobec siebie, stawianiem zbyt wysoko poprzeczki, zamraża swoje chęci do działania. To jest jak stanięcie naprzeciw wielkiej góry, na której szczycie trzeba się znaleźć. Zamiast tego, lepiej widzieć swój cel w inny sposób – jak drogę, pełną pięknych przygód, gdzie każdy drobny krok przybliża nas do pięknego potoku, widoku czy spotkania z bliską osobą – ze sobą. Jednak Ćma przyzwyczajona, że nigdy nie spełnia oczekiwań innych, każde zadanie do wykonania widzi jako coś monstrualnego i strasznego. Tak działa niewiara we własne możliwości. Wysokie oczekiwania powodują uczucie, że nie podoła wyzwaniu. A przecież tylko ona stawia sobie tak wysoko poprzeczkę. Dlaczego? Nie ma w tym nic złego, by marzyć o świetlistym finale swoich działań, o sławie i powodzeniu, o podziwie i spełnieniu. Ale marzyć trzeba z przekonaniem, że one już się spełniają, a ja jestem ich godna i dostanę to, co chcę. Niestety, niepewność Ćmy blokuje jej wiarę w sukces, blokując marzenia, które zamiast dodawać skrzydeł, zamieniają się w olbrzymi głaz, którego nie da się okiełznać. Choć marzy, żeby być światowej sławy pisarką, przebojowym event managerem, od razu stawia blokadę, że te marzenia są niedoścignione.

Słomiany zapał do przeróżnych rzeczy i spraw to wynik ciągłych wysiłków i poszukiwań, by w końcu znaleźć coś swojego i realizować siebie. Niestety, przy pierwszych porażkach Ćma odpuszcza, bo potwierdza się jej opinia o samej sobie – nie dość wystarczająca.

Wylęgarnią Ciem jest szkoła, która zrównuje wszystkich do jednego poziomu. Rywalizacja i codzienne oceny tresują naszą psychikę. Wyżej, więcej, lepiej. Zamiast uczyć dziecka, że to, co ma w sobie, jest jego największym darem i że może z tego korzystać do woli, rozwijając talenty. Może spełniać marzenia, może być wyjątkowe i cieszyć się tym, pokazywać światu.

Sama byłam kiedyś Ćmą, wzorową uczennicą pochłaniającą książki. Szkoła muzyczna na piątki, stanowiska przewodniczących i managerów. Przychodziło mi to z łatwością, ale nie robiłam tego dla siebie. Zawsze chciałam robić coś innego. Coś, co da mi spełnienie. Pomógł mi kurs pisarski Krzysi Bezubik. Reguły były bardzo cieplarniane, bo nikt nie mógł krytykować tego, co napisałam. Dotyczyło to każdego uczestnika. Chodziło tylko o proste wyrażanie siebie na zadany przez trenera temat. Nie pisałam tego na ocenę, do gazety, tylko po prostu otwierałam się każdym tekstem na wyrażanie siebie. Nieważne było, co powiedzą inni. Zresztą, mogli oceniać to tylko pozytywnie. To również było dla mnie ważne, bo zauważałam dobre cechy w swojej kreacji. Ćwiczyłam też swoją uważność na dopatrywanie się dobra w kreacjach innych osób, a tym samym w sobie. Ważne było, że piszę to, co przychodzi mi do głowy. Nie chodziło o wymuskane i wylizane wypracowania, a jedynie o krótkie próbki tekstów zainspirowanych tematem rzuconym przez trenera. Okazało się to przepięknym procesem prowadzącym do uwierzenia we własne możliwości. Nie musiałam napisać całej książki, wystarczyło jedno małe opowiadanie lub opis jednej ze swoich emocji. Chodziło o porzucenie oczekiwań, by zrobić miejsce samej radości tworzenia. Gdy puściłam te oczekiwania, które były we mnie samej, doceniłam same chwile pisania. Pisałam bez celu, by tylko wyrzucić z siebie piękne myśli, które nadlatywały zewsząd, jak motyle. Zobaczyłam na nowo, jak moja wyobraźnia zaczyna oddychać pełną piersią, zadowolona, że w końcu może dojść do głosu i rozprostować zastane nogi i ręce. Poczułam się na tyle silna, by założyć swój autorski blog, a efekty przerosły moje najśmielsze oczekiwania. Popłynęło. Uwalnianie kreacji odbiło się na całym moim życiu, we wszystkich jego wymiarach.

Każda, najmniejsza nawet kreacja – działanie z serca – zamienia Ćmę w Motyla. Zwykłe robienie obiadu i traktowanie gotowania jak sztuki, wkładanie w to miłości, dodaje tęczowych barw szarym skrzydłom. Wyciąganie z siebie swojego wewnętrznego świata, by ujrzał światło dzienne, by odbił się w innych ludziach, to jest uzdrowienie Duszy. To może być mały obrazek, szalik wydziergany na drutach, bajka dla dzieci wymyślona spontanicznie. Jednym słowem kontakt ze swoją wyobraźnią i wewnętrznym baśniowym światem. W końcu, z czasem, przychodzi siła, by zawalczyć o swój wszechświat, nie tylko ten, znajdujący się na papierze, płótnie czy talerzu. Ćma nabiera siły, by również zmienić swój świat w codziennych okolicznościach i relacjach z ludźmi. Koszmar codzienności zmienia się w senne marzenie, które dawna Ćma, a właściwie już Motyl, śni na jawie i cieszy się, frunąc do słońca.

Pierwszym krokiem do takiego stanu jest uwierzenie w swoje piękno i wewnętrzne światło. Zaakceptowanie w pełni własnego „ja". Kiedy je znajdziesz, nie będziesz już fruwać, szukając po świecie spełnienia. Będziesz je mieć w sobie. Każdą decyzję konsultuj więc z samą sobą z poziomu serca. Odpowiedz sobie na pytanie, czy faktycznie tego chcesz, czy tego potrzebujesz, czy da Ci to spełnienie? Zwolnij, pobądź trochę ze sobą i porozmawiaj. Wróć do swojej wyobraźni, odkurz ją, wyciągnij z szufladek umysłu. Bez głosów z zewnątrz. Tylko Ty i Ty na wspólnym tęte-à-tęte. Wykonaj medytację z intencją odnalezienia w sobie Światła. Ono zawsze jest, ale masz go doświadczyć, wyjąć sobie na dłoń, obejrzeć z każdej strony, posmakować, nacieszyć się nim. Poproś przestrzeń, by pokazała Ci Twoje Światło, wewnętrzną baśniową krainę. Zobaczysz, jak wiele znaków i wiadomości dostaniesz o swojej wartości. To mogą być ciepłe słowa prawdziwych przyjaciół, napis na autobusie, który rozjaśni Twoje myśli, podziękowanie za coś, co dla kogoś zrobiłaś. To wstęp do tego, byś sama uwierzyła, że jesteś Światłem. Światłem jest Twoja mądrość, którą w sobie budzisz, kiedy zaczynasz o siebie dbać i sama wywoływać uśmiech na twarzy. Zaczynasz myśleć, co sprawi Ci przyjemność, szanować swoje potrzeby i wybory. Mądrość ta wynika z połączenia z naturą. Jednocz się z nią jak najczęściej, przez spacery, roślinną dietę czy przebywanie na jej łonie. To Cię oczyszcza i ładuje odpowiednimi energiami. Światło mogą dać Ci również inne świadome kobiety – znajdź w swojej okolicy kręgi kobiet i dołącz do nich. Zobaczysz, jak te spotkania Cię wzmocnią i jakie wsparcie tam dostaniesz.

Aby wyjść z własnego cienia kobiety Ćmy, powinnaś przede wszystkim poznać własne potrzeby i zacząć je spełniać. Poznasz je, kierując uwagę na siebie. Dlaczego jesteś taka zmęczona? Co sama sobie odbierasz – czas dla siebie, realizację swoich planów? Skąd w Tobie przekonanie, że to, czego chcesz, co tworzysz do szuflady, nie jest warte uwagi? Jeśli znajdziesz w sobie odpowiedzi na te pytania, łatwiej będzie Ci rozmawiać z samą sobą z poziomu serca i zmienić własne priorytety. To Ty jesteś najważniejsza dla siebie, tylko Ty jesteś w stanie uszczęśliwić siebie.

VI

Sójka
i strefa komfortu

Znasz pewnie sójkę, która wybiera się za morze, ale wybrać się nie może? Poczuj, czy sama przypadkiem nią nie jesteś. Sójka to symbol trwania w strefie komfortu. Wie, że ma polecieć za wielką wodę emocji, by doświadczyć wolności i lepszego życia, odciąć się od strachów, kodów i programów mentalnych, oczekiwań, wątpliwości, agresji i ego. Jednak tego nie robi. Na podstawie własnych blokad, założonych przez umysł, tworzy wokół siebie iluzję, że tak wiele ma do zrobienia przed podróżą. „Najpierw muszę zrobić to i tamto, bo inaczej się nie uda". „Musi się coś stać, żeby było lepiej". Trzyma się kurczowo swoich schematów, ponieważ je zna, a nieznana przyszłość wywołuje w niej niepokój.

Wyobraź sobie, że siedzisz w swoim gnieździe i szykujesz się do lotu. Jak tylko chcesz się wznieść, widzisz, że do Twoich nóg są przywiązane sznureczki, które mocno trzymają Cię w gnieździe. Zastanów się, co to może być?

Kobieta Sójka ma bardzo wiele planów i pomysłów na swoje życie. Marzy o niesamowitych przygodach lub pracy, która da jej sławę i dobrobyt, a także zawodowe spełnienie. Jednak w rzeczywistości tkwi ciągle w gnieździe, które uwiła ze swoich strachów i sentymentów.

Marzenia, którymi żyje, mają przyczepioną metkę: „Nie do zrealizowania".

Jedną z głównych bolączek Sójki jest przyzwyczajenie i niechęć do puszczenia zastanej sytuacji. Niezależnie od tego czy jest dla niej dobra, czy wręcz krzywdzi ją na co dzień. Strefa komfortu daje jej złudną przyjemność płynięcia z nurtem rzeki życia bez wysiłku. Dobrze jest płynąć z prądem życia, jednak pod warunkiem, że to my obieramy kurs.

Jeśli Sójka w chwili frustracji podejmuje już decyzję o uchwyceniu losu w swoje ręce, to na drodze pojawią się takie okoliczności, które znowu sprowadzą jej zamiar na dalszy plan. Angażuje się w dużo projektów, które wciąż oddalają ją od realizacji własnych marzeń. Rozdrabnia się na wiele spraw, które zajmują cały czas, aż do późnych godzin nocnych. Po takim dniu, wypełnionym sprawami przyziemnymi i nie dającymi jej spełnienia, Sójka kładzie się do łóżka wyczerpana. Zrobiła mnóstwo rzeczy, ale czy choć jedną dla siebie? Czy aby o krok zbliżyła się do celów, które widzi gdzieś daleko na horyzoncie? Oczywiście, że nie. Brakuje jej asertywności i odwagi, by odstawić wszystko na chwilę i spojrzeć na własne życie z perspektywy lotu ptaka. Zatrzęsieniem spraw usprawiedliwia samą siebie, że nie zadbała o własne potrzeby i realizację marzeń. Strefa komfortu, w której tkwi, to pancerz przed zmianą. Dobrze wie, że wyjście z tej strefy wywoła w jej życiu zmiany, których nie lubi, nawet jeśli mają wyjść jej na dobre.

Zastanów się, jak odbierasz zmiany w swoim życiu? Jakie emocje pojawiają się w Tobie gdy nagle, nieoczekiwanie, wali się plan dnia? Irytacja, marudzenie, panika, złość?

Musisz przyjąć do wiadomości, że zmiana jest czymś naturalnym. Możesz to zaobserwować w zmianach pogody w różnych porach roku czy przyglądając się cyklom roślin. Zmiana w Twoim życiu powoduje, że wyskakujesz na chwilę ze swoich programów i wtedy masz szansę wykorzystać ten moment świadomie i przyjąć ją z błogosławieństwem. Możesz zagłębić się w siebie i mimo zmian dookoła, popracować nad harmonią w sobie. Możesz poczuć, co daje Ci zmiana, czego od niej możesz chcieć i jak tego dokonać. W takich sytuacjach wzrasta Twoja świadomość, mądrość i siła.

Wyobraź sobie, że jesteś olbrzymim, spokojnym wielorybem, który pływa w głębinach. Tam jest spokojnie, mimo że na powierzchni oceanu buzują fale. Głębia Ciebie jest centrum, z którego zawiadujesz. Jeśli tam jest niepokój, Twoje życie będzie niepokojem. Jeśli tam jest spokój i miłość, Twoje życie to pokaże. Kiedy zmieniają się okoliczności, Twoja uważność jest skierowana na to, co najważniejsze. W nowych okolicznościach próbujesz swoich sił, wytężając kreatywność i skupiając się na niezbędnych rzeczach. Na przykład przeprowadzasz się, wylatujesz z gniazda, w którym wiesz, co Ci sprzyjało, a co wolałabyś zmienić. Budujesz na nowo swój świat. Stare przyzwyczajenia zastępujesz nowymi i obserwujesz, jak z nimi się czujesz. Masz szansę poznać się na nowo. Zastanów się, za czym tęsknisz ze starego życia, a co z radością porzuciłaś? To poszerza świadomość o wiedzę na temat Twoich potrzeb. Zmiana przenosi Cię w inne energie, czyste od dawnych zależności, pełne potencjału do realizacji marzeń. Jak czysta kartka, którą możesz zapisać od nowa.

Decyzja o zmianie rodzi się w Tobie, gdy przepracujesz stare tematy i zobaczysz blokady – wtedy chcesz je pożegnać. Definitywnie. Biletem do tej podróży jest szczera rozmowa z sobą, poznanie prawdziwych potrzeb i ukochanie siebie jako istoty, której należy się dobre i szczęśliwe życie.

W nowej sytuacji umacniasz się, bo wykorzystujesz umiejętności, które masz w sobie, a których w strefie komfortu nie miałaś okazji rozwinąć. Nowa sytuacja to też dobry moment na likwidację blokad, z którymi od dawna walczysz. One nabierają innego światła. Stają się echem dawnych przyzwyczajeń, nie mają już tych samych emocji i takiego ciężaru, jak dawniej. Masz wtedy okazję przyjrzeć się im z innej perspektywy, co odświeży Twój stosunek do nich. Dlatego szukaj zmian w swoim życiu, bo one rozwijają i pomagają wypędzić z głowy nieaktualne programy i schematyczne zachowania.

Sójka – jak wszyscy – dąży do stabilizacji i poczucia bezpieczeństwa, by czuć się jak w domu. To jedna z najważniejszych potrzeb na świecie. Poczuć się sobą bez masek i pozorów, jak w domu, w którym jest bezpiecznie. W tym przypadku Sójka ma spory kłopot. Szuka za morzem krainy szczęśliwości, a kiedy tam doleci, znowu tęskni za inną krainą, ponieważ szuka spełnienia na zewnątrz, w zewnętrznych okolicznościach, zamiast w sobie. Jeśli w swoim wnętrzu poczujesz się jak w domu, u siebie, to w każdym miejscu we Wszechświecie będziesz czuła się tak samo. To cała tajemnica i proste rozwiązanie. Przypomnij sobie znowu Wieloryba, jego spokój i łagodność. Może posłuchaj teraz śpiewu wielorybów, by wniknąć w głąb siebie i usłyszeć własną pieśń serca. Tam jest Twój dom.

Zaobserwuj teraz, jak wyglądają Twoje chwile z samą sobą? Czy przeraża Cię pustka tej relacji i od razu wychodzisz z domu, żeby spotkać innych ludzi? A może nudzisz się w swoim towarzystwie? Albo prawda o Tobie jeży włosy na Twojej skórze i szybko musisz zająć czymś swój umysł – telewizją, muzyką, telefonem – byle tylko nie usłyszeć siebie?

Jak odnosisz się do samotności? Czy lubisz chwile spędzane z samą sobą? Może nie masz takich chwil? Czy tęsknisz za nimi?

To właśnie w Tobie jest Twój dom i tam najpierw należy posprzątać, by poczuć się wolnym i sobą w pełni. To tutaj potrzebujesz zmian i wielkich porządków. Potrzebujesz wytarcia kurzu zapomnienia i wyrzucenia starych zepsutych przedmiotów – dawnych żali, trosk, poczucia krzywdy czy winy. Kiedy to zrobisz, żadna zmiana nie spowoduje już w Tobie strachu. Odczujesz w sobie przestrzeń, otworzą się nowe horyzonty. Będziesz wiedziała, co jest dla Ciebie ważne, czego tak naprawdę pragniesz, a czego nie chcesz w swoim życiu. Z taką wiedzą podróż życia stanie się przygodą, która daje spełnienie, a nie strachem, który prowadzi tylko po jednej, wyżłobionej schematami linii – do unicestwienia. Poznanie własnych potrzeb serca daje Ci odwagę do działania i zmiany, która uzdrowi Twoje życie. Dlatego wyrzuć ze swojego gniazda zbędne schematy, poodcinaj liny, które trzymają Cię w miejscu i fruń na spotkanie z sobą.

Jeśli boisz się zmian i podróży w przestrzeni, to znak, że tęsknisz za domem w sobie. Poczuj, że natura – lasy, rośliny, ocean – to wciąż ta sama Matka Ziemia, która, gdziekolwiek jesteś, zawsze jest z Tobą i wspiera Cię. Kiedy na obczyźnie tęsknisz za swoim dębem rosnącym przy domu, wystarczy, że podejdziesz do innego dębu i przytulisz się do niego. Wyobraź sobie wtedy, że dotykasz „swojego" dębu, czujesz jego korę, a rzeczywistość wokół zmienia się na tę, za którą tęsknisz. Swoją świadomością, za pomocą kontaktu z drzewem, przenosisz się do domu rodzinnego. Spróbuj, a doświadczysz magii świadomości.

Podczas wszystkich zmian i życiowych zakrętów, wracaj do swojego dębu i poczuj się, jak u siebie, żeby wrócić do Źródła i do swojego „ja", które jest czyste i mocne. To może być inne miejsce mocy – plaża, ulubiona ławeczka w parku, ścieżka w lesie. Wracaj tam do siebie, by zebrać siły na podążanie nowymi szlakami. Niech to będzie przystanek, kiedy wyrównujesz oddech i rozglądasz się wokół. Nie ma sensu ograniczać się do jednego aspektu siebie i powielać wciąż te same schematy. Jest tak wiele aspektów kobiecości, że z tego wachlarza możesz wybrać, co tylko zechcesz. Nie ograniczaj się. Twoja świadomość chce doświadczać pełni życia.

VII

Wilczyca – odkrywanie swojej dzikiej natury i intuicji

Wyobrażam ją sobie zawsze, jak biegnie po puszczy. Zwinnie omija najmniejsze korzonki między drzewami. Z lekkością dobiega do wysokiej grani i patrzy w przestrzeń z wysoka, z wyższego wymiaru percepcji i świadomości. Czasem widzę ją z małymi szczeniętami, jest spokojna. Delikatnie dotyka nosem swojego potomstwa, cierpliwie towarzysząc w ich zabawach.

To nie ja ją wybrałam, ale ona mnie, za co jestem jej wdzięczna. Dzięki tej przyjaźni odzyskałam w sobie wolność i mogłam ją pokazać, podzielić się nią z tymi, którzy tego potrzebowali. Wilk lub Wilczyca symbolizują, przede wszystkim, ducha wolności natury, poprzez swoją dzikość i intuicję. Wilczyca to stuprocentowy księżyc i kobiecość – dzika, pierwotna, silna, niezależna. Kontakt z naturą, która jest jej domem, daje Wilczycy wolność. Jest idealnym totemem dla kobiet, które od dziecka dały się ugrzecznić, wbić w ciasne pantofelki i zakręcić loczki do zdjęcia. Nie zrobiły tego świadomie. Teraz, na szczęście, budzą się przy pomocy Wilczycy – dotykając ziemi, idąc głęboko w las, czują tam swój dom, swoje pierwotne „ja". Zdejmują tipsy, zmywają makijaże i rozpuszczają włosy. Wyrzucają buty, by boso dotknąć natury. Wpatrują się w księżyc i czasem zawyją z tęsknoty za wolnością – wolną kobiecością, pełną magii, mocy, kreacji i miłości. Z tęsknoty do siebie. To jest również totem kobiecej seksualności, pewności siebie, pełnej świadomości własnego Światła, zamiast poddaństwa i uległości. Wilczyca uwodzi, kiedy ma na to ochotę. Może być figlarna, jak bogini Oshun, ale tylko wtedy, kiedy sprawia jej to przyjemność. Seksualność opiera na swoich zasadach, a nie na oczekiwaniach samców. Tutaj wykazuje się pewną nieufnością, ponieważ partner może jej się kojarzyć z kontrolą i smyczą, której absolutnie nie cierpi.

Jeśli czujesz, że zatraciłaś gdzieś swoje „ja", a świat tłamsi Twoje zdanie, kiedy już nie wiesz, jakie są Twoje potrzeby i co czujesz w danej chwili – zawołaj, zawyj do Wilczycy. Ona otuli Cię swoim ogonem, byś mogła wypłakać swoje żale i zasnąć z ulgą, zanurzona w jej srebrzystej sierści. Z nią już nigdy nie będziesz czuła się samotna. Ona pomoże Ci odnaleźć siebie, swoją intuicję, szósty zmysł, dziki węch i synchronizację z własną naturą. Kiedy wszyscy mówią Ci, co masz robić, zatkaj uszy i poszukaj odpowiedzi w sobie. Otwórz się na zew natury – Wilczycę w sobie. Wilczyca pomoże Ci odkryć siebie. Wystarczy, że zaprosisz ją do swojego życia, a wtedy będziesz pewna, co czujesz, co jest dla Ciebie dobre.

Słuchaj wycia wilków wplecionego w muzykę medytacyjną, oglądaj zdjęcia i filmy o wilkach, czytaj książki, w których Wilczyca jest jedną z bohaterek (polecam „Biegnącą z wilkami" Pinkoli Estes czy „Zwilczoną" Adrianny Trzepioty). W końcu Wilczyca sama zacznie do Ciebie przychodzić. U mnie obecna jest w postaci billboardów w centrum miasta – tak, wilk na plakacie w Warszawie.

Niespotykane, prawda? Jest na okładce książki, która wraca jak bumerang, póki jej w końcu nie przeczytam. Pojawia się w snach lub szarym sznureczku, podarowanym mi przez syna ze słowami: „To dla ciebie, ten sznurek jest szary, jak twój wilk. Pamiętaj o nim".

Wilczyca jest z Tobą na każdym poziomie świadomości. Na ziemskim planie, pilnuje ciała, które zostaje w Tu i Teraz podczas medytacji. Pilnuje Twojego potomstwa, gdy potrzebujesz podróży w głąb siebie. Zaprasza w podróże astralne, czekając, aż za nią pójdziesz. Prowadzi zawsze tam, gdzie coś trzeba zrozumieć, zobaczyć, uświadomić sobie. Może zaprowadzić do przeszłej inkarnacji, gdzie wymagany jest regres. Wilczyca jest wiedzą, którą odkrywasz dzięki czystym intencjom oraz miłości do siebie i do drugiego człowieka. Wilczyca, to Twoja Intuicja.

To także totem, symbolizujący Twoje miejsce w rodzinie, nie tylko tej biologicznej. Mam na myśli rodzinę wszechświatową, wszelkie istoty światła. Wilki, choć niezależne i autonomiczne, potrafią w zgodzie żyć w watasze, szanując każdego osobnika. Zasady panujące w ich stadzie wynikają ze współpracy podczas polowań i przy wychowywaniu młodych. Współpracują, jednocześnie okazując sobie szacunek i dając wolność. Każdy wilk i wilczyca znają swoje miejsce w stadzie i czują się w tym miejscu dobrze, naturalnie.

Wilczyca-matka jest oddana swoim dzieciom, ale ma też dużą potrzebę wolności, na którą daje sobie przyzwolenie, bo taka jest jej natura. To dobry totem dla kobiet zbyt skupionych na życiu dzieci, nadopiekuńczych matek, które zniewalają swoje dorosłe potomstwo, jakby było wciąż małe i wymagało opieki. Nie wiedzą, że w ten

sposób zniewalają również siebie. Podcinają skrzydła dzieciom, zabierając im pewność siebie, której nabywają wraz z doświadczeniem. Wilczyca z blasku jest przy dzieciach, ale stoi obok. Obserwuje, jak sobie radzą i wkracza do akcji, gdy grozi im śmiertelne niebezpieczeństwo. Poza potomstwem ma swój własny świat, w którym czuje się dobrze, spełnia swoje pragnienia i marzenia. Daj się prowadzić Wilczycy, jeśli masz problem z odcięciem pępowiny własnych dzieci. Ofiarując im wolność, dajesz im największy skarb – zaufanie. Sobie dajesz nie tylko wolność, ale i przestrzeń na rozwój.

Wilczyca, to Zwierzę Mocy szamanów. Przez swój mistycyzm i tak dogłębny kontakt z naturą, chroni szamanów na ich ścieżce i daje właściwe informacje. Pomaga wolnym duchom odkryć na nowo własny cel działania we Wszechświecie. Podczas każdej ceremonii krąg wilków i wilczyc stoi przy szamanie, sprawiając, że jest chroniony i połączony z kosmosem. Dzięki nim bezpiecznie podróżuje w czasie i przestrzeni, pomiędzy światem żywych i umarłych. Towarzystwo wilków jest dla niego jak zaprzęg przyjaciół, wiodących ku światłu i wiedzy. Ku swojemu centrum.

Wilczyca symbolizuje również odwagę, by stanąć w obronie własnych ideałów. To ona daje Ci siłę, gdy w grupie ludzi jako jedyna działasz szlachetnie. Z Wilczycą przy boku nie boisz się postawić tłumowi, postępujesz zgodnie ze swoim sercem i Duszą, nie godząc się na krzywdzenie siebie, ani innych. To odwaga bycia sobą, niezależnie od opinii otoczenia. Wilczyca nie musi się łasić i prosić o względy, zna swoją wartość, jest niezależna. Docenia wolność jednostki, ponieważ wie, że wolny umysł, Dusza i ciało, są niezbędne, by iść własną drogą. Wolna wola jest dla niej świętością, której nie nagina do swoich potrzeb.

Wiele z nas jest odciętych od natury. Przypomnij sobie, kiedy ostatnio chodziłaś boso po łące, kiedy byłaś w lesie, kiedy zatraciłaś się, przebywając na łonie natury? To jest miejsce człowieka, a nie betonowe wieżowce, szklane biurowce i plastikowe sklepy. Wilczyca najlepiej się czuje pośród przyrody, bo wtedy ma dostęp do własnej natury, dzikiej kobiecości w sobie i czystej intuicji.

Programy cywilizacyjne spowodowały, że kobiety (mężczyźni również) przestały słuchać siebie i swojej intuicji.

Zamiast tego, zaczęły polegać na medialnych sloganach, zdaniu korporacji, pomysłach reklam i koncernów farmaceutycznych. Kiedy masz uśpioną intuicję, wtedy stajesz się naczyniem, do którego można wlać różne idee, niekoniecznie o pozytywnym zabarwieniu energetycznym. Stajesz się wtedy bezwolną istotą, która drepcze w rejony, które jej nie służą, a całą swoją energię oddaje nieswoim ideałom. To wampiryzm energetyczny zabierający siłę działania. Przed nim ochroni właśnie wilcza intuicja, pora obudzić ją w sobie.

Zapewne znasz bajkę o Czerwonym Kapturku. Straszy dziewczynki przed wejściem do lasu, bo można w nim spotkać złego wilka. Chociaż jesteś już dorosła, bajka wzbudza również w Tobie strach przed wejściem w głąb siebie, gdzie jest pełnia Twoich możliwości otwarcia się na siebie prawdziwą.

Wilczyca poprowadzi Cię przez ten las. W nim przepracujesz swoje lęki, blokady, krzywdy i zwątpienie. Wycie Wilczycy to głos intuicji, która pokazuje, w którą stronę masz podążyć. Gdy przystajesz na moment, ona czeka, nie spuszczając Cię z oka. Gdy potrzebujesz wsparcia, czujesz jej ciepły język na swojej dłoni. Gdy potrzebujesz ochrony, woła Waszą watahę, by zrobiła krąg. Razem przechodzicie tę podróż. Cel jest bliski, Wilczyca doprowadzi Cię w końcu do drzewa życia, drzewa poznania, do samej siebie. Tam siedzi już Lisica – ognista kobiecość, pełna akceptacji siebie. Czysta Świadomość i nowe życie. Spójrz w jej oczy, a doświadczysz prawdy.

Czerwony Kapturek ma właśnie wejść do lasu, by poznać siebie. W lesie, na łonie natury, uaktywnia się Twoje szamańskie połączenie z dewami roślin i zwierząt. Jak napisałam na początku książki – każdy w sercu jest szamanem i ma połączenie z naturą. Wystarczy tylko się na to otworzyć, a odpowiedzi same zaczną spływać. Wilk, w bajce o Czerwonym Kapturku, symbolizuje intuicję, która prowadzi kobietę przez życie, nie oszukuje i nie zjada. Dziewczynka ma właśnie spotkać na swojej drodze Wilka albo Wilczycę i przyjąć ich odwagę oraz wiedzę płynącą z intuicji i świadomości siebie. W lesie konfrontujesz się z własnymi strachami i lękami z dzieciństwa. Krok po kroku rozprawiasz się ze swoimi potworami, stworzonymi przez sztuczne programy i nieprzyjemne doświadczenia. W miarę kolejnych zwycięskich bitew, zyskujesz pewność siebie i wiarę we własne możliwości. Twoja świadomość otwiera się na coraz szersze rejony i na nowo poznajesz siebie. Strachy z dzieciństwa znikają, a na ich miejscu pojawia się Twoja kobieca siła. W końcu wychodzisz z lasu na słoneczną łąkę bądź czystą przestrzeń w górach, gdzie pełny księżyc oświetla świat. Wychodzisz już nie jako mała dziewczynka – Czerwony Kapturek – ale jako świadoma siebie kobieta. Przed sobą widzisz swoje nowe życie, zsynchronizowane z Twoją naturą, świadomością i potrzebami.

Wilczyca, choć żyje wspólnie z watahą i współdziała z nimi, jest jednocześnie samotnikiem. Ma własne ścieżki, swoje wyprawy, w których jest sama ze sobą. To dla niej bardzo ważne, by wzmacniać swoją autonomiczność i poznawać prawdę o sobie. Żyjąc z innymi, jesteśmy w ciągłych relacjach, a żeby poznać siebie, warto te relacje wypuścić całkowicie. Na jakiś czas oderwać się od rodziny, przyjaciół, dzieci, by pobyć tylko ze sobą i usłyszeć własne myśli, bicie własnego serca, porozmawiać w własną Duszą. Dlatego, kiedy woła Cię Wilczyca, idź tam, dokąd prowadzi, zostawiając za sobą wszystko.

Wilczyca potrzebuje dużo wolności, również w relacji z partnerem. Potrzebuje samodecydowania o sobie i kształtowania swojej przestrzeni na własnych zasadach. Dusi się w związku, w którym się od niej czegoś wymaga, oczekuje i zmusza. Wtedy pokazuje ostre kły. Najlepszym dla niej partnerem jest Jastrząb bądź Mustang, który również ukochał wolność. Choć tworzą razem rodzinę, mają dużą dozę autonomiczności i sferę, w którą nie wchodzi partner. A jeśli już, to robi to z szacunkiem do drugiej osoby. Poczuj zatem w tej chwili, jak wygląda Twoja relacja z partnerem. Czy masz własną przestrzeń do kreacji, oddychania pełną piersią? Czy coś Cię w tej relacji zniewala? A może sama zabierasz wolność swojemu partnerowi? W jaki sposób jesteście od siebie uzależnieni i co może tę sytuację naprawić? Dawaj w relacji tyle wolności, ile sama potrzebujesz. Ofiaruj sobie tyle przestrzeni, ile jest Ci niezbędne, niezależnie od tego, czy to będzie weekend spędzony z dala od rodziny, czy wieczory we własnym pokoju. Kiedy Wilczyca nie zapewnia sobie tych potrzeb, staje się agresywna i rozczarowana, atakuje partnera i zaczyna nim gardzić. Wasza struktura watahy musi opierać się na wolności i szacunku wobec siebie. Zarówno Twój parter, jak i Ty, potrzebujecie chwil dla siebie i nie można mieć z tego powodu poczucia winy czy robić wyrzuty partnerowi. To Wasza natura. Nie mniej ważna jest wspólna przestrzeń, którą tworzycie razem. Jaka jest jej atmosfera?

Czy panuje zgodność w wychowaniu dzieci, prowadzeniu domu? Zastanów się, co chciałabyś zmienić, by zapanowała w Tobie zgodność i harmonia? Intuicja podpowie Ci, podsunie odpowiednie metody, słowa, gesty, okoliczności. Wystarczy, że pójdziesz za Wilczycą.

VIII

Papuga
– szczerość serca

W przypadku Papugi masz do czynienia ze szczerością i dyplomacją. Nie chodzi mi jednak o dyplomację w politycznym, ambasadorskim sensie tego słowa. Papuga potrafi nauczyć się, bądź przyswoić elementy różnych języków. Symbolizuje cechę dostosowania swojego języka komunikacji tak, by porozumieć się z człowiekiem. Kobiety Papugi potrafią przedstawić swoje racje na różne sposoby, w zależności od tego, z kim rozmawiają. Dzieciom przekażą najważniejsze prawdy za pomocą zabawy i bajek, u osób mocno zamkniętych i małomównych wyczują mowę ciała i gestów. Słowem, Papuga znajdzie odpowiedni kanał komunikacji z każdą osobą. W jakimś momencie pracy duchowej wybieramy kontakt z nami, innym razem aromaterapię lub karty Zwierząt Mocy lub zwyczajnie, spontanicznie wchodzimy w głąb własnego serca. Podobnie jest z Papugą. Kontaktując się z drugim człowiekiem, raz docieramy do niego przez obrazy, innym razem przez taniec, kiedy indziej za pomocą rozmowy o Przodkach. Tę umiejętność „poligloty duchowego", daje nam właśnie Papuga. Ona posługuje się językiem uniwersalnym – komunikacją z serca, a konkretne metody przychodzą same.

Po drugiej stronie totemu Papugi jest szczerość. Często kojarzy nam się z wylewaniem brudów pod wpływem emocji, to jest szczerość pochodząca z cienia. Jest na chwilę oczyszczająca, ale rani serce. Natomiast szczerość pochodząca z blasku, to rozmowa na poziomie serca. Pozwala zrozumieć, co w danym momencie przerabiamy w sobie w relacji z drugą osobą. To bywa bardzo trudne, zwłaszcza jeśli poniosą nas emocje lub ego weźmie nad nami kontrolę. Szczerość z blasku, to otwarcie się na swoje słabe strony i zaakceptowanie ich w sobie, ale też w drugim człowieku. To właśnie te aspekty do przepracowania przywołuje do naszego życia Papuga. Komunikację z poziomu serca.

Najważniejszą lekcją Papugi jest szczerość wobec siebie. Czasem tkwisz w jakimś związku, pracy, sytuacji, która totalnie ci nie służy. Jednak odpowiednimi tłumaczeniami, usprawiedliwianiem i oszukiwaniem siebie, wmawiasz sobie, że wszystko jest w porządku. W relacji tłumaczysz partnera, że np. jest w trudnym momencie i musisz go wspierać. W pracy tłumaczysz sobie, że wyrzucanie na Ciebie przez szefa całej frustracji jest zrozumiałe, bo w końcu razem tworzycie jakiś projekt. Przyznajesz wciąż rację kontrolującej matce i robisz, co ona Ci każe, bo wmawiasz sobie, że musisz jej słuchać i spokojnie znosić jej krytycyzm, ponieważ ona robi to z miłości i trzeba to uszanować. Takimi usprawiedliwieniami i kurczowym trzymaniem się nieprawdy na temat danej relacji stwarzasz wokół siebie iluzję rzeczywistości, żeby była bardziej znośna. Jednak ona nadal energetycznie Ci nie służy. Jakkolwiek byś sobie tłumaczyła, prawda zawsze jest w Twoim sercu. To prawdziwe, niechciane uczucia, które skrzeczą bezustannie, jak Papuga uwięziona w klatce. Te uczucia chcą z Ciebie wypłynąć, ale skrzętnie je chowasz pod kolorowymi skrzydłami, by tylko ich nie zobaczyć. Dyplomatycznie odwracasz głowę i układasz kolorowe piórka, jak tapetę na obdrapaną ścianę. Wtedy nadchodzą dziwne dni, kiedy płaczesz bez powodu, dostajesz ataku migreny albo totalnego osłabienia ciała. Wówczas czujesz, że nie masz już siły i wiążesz to z fizyczną chorobą, zatruciem, okresem, a tak naprawdę, osłabiasz się brakiem szczerości wobec siebie. Gdybyś była ze sobą szczera, już dawno postawiłabyś granice, by nikt, zwłaszcza Ty sama, nie krzywdził Ciebie.

W każdej chwili możesz tę szczerość w sobie obudzić. Papuga w końcu wyleci z Twego serca i zacznie wyrażać Twoje uczucia, tak długo skrywane. Wyjmij Papugę z głębi siebie, postaw ją na swojej dłoni i zapytaj, co od tylu lat chciała Ci powiedzieć? Co chce uświadomić? Jakie ma dla Ciebie rozwiązania? Będzie to rozmowa na poziomie serca. Jej zrzędliwy ton potraktuj jak kolejne wołanie o uwagę. Ona wielokrotnie powtarzała Ci z głębi serca, co jest dla Ciebie dobre, czego tak naprawdę chce. Jednak otoczyłaś się programami, byle tylko jej nie słyszeć – Papugi, która mówi głosem Twojego serca. Ono ma Ci wiele do powiedzenia. Nie zagłuszaj go, po prostu słuchaj.

Kiedy klapki z oczu odpadną – zobaczysz manipulacje i prawdziwe powody, dla których inni traktują Ciebie nie tak, jak byś chciała. Może zobaczysz prawdę o swoim związku, w którym nie ma już ognia, a jesteście ze sobą jedynie z powodu kredytu? A może Twój partner krytykuje

Ciebie, bo jest tak bardzo zakompleksiony, że w umniejszaniu Twoich walorów, szuka rekompensaty. Prawda nie zawsze będzie przyjemna, tak samo, jak skrzeczenie Papugi. Jednak poznając ją, będziesz w stanie podjąć konkretne kroki, żeby lepiej poznać siebie, otoczyć uważnością swoje uczucia i serce. Zmienić w końcu niekorzystną sytuację, zamiast zamiatać ją pod dywan. Wyrusz z Papugą w podróż, niech pokaże Ci Twoje życie z innej perspektywy. Jej komentarze prawdopodobnie nieraz zabolą, ale obudzą w Tobie prawdę – szczerość wobec siebie z poziomu serca.

Kiedy będziesz wobec siebie szczera, Twoje relacje się odmienią. Niektóre nawet do tego stopnia, że szybko i gwałtownie się skończą. Inne wygasać będą powoli. Pozostałe wybuchną pięknymi kolorami i w końcu zaczną Ci służyć. Nie przejmuj się tym exodusem dawnych przyjaciół i znajomych. Twoja zmiana wyjdzie wszystkim na dobre. Odzyskując barwy i moc, stajesz się kolorowym rajskim ptakiem, który nie skrywa już swojego piękna.

Czym jest szczerość serca? To Twoja intencja, z którą czynisz wszystko. Każde mrugnięcie okiem, każdy oddech, podanie komuś ręki. To przeogromna siła Twojej kreacji. Zastanów się teraz – szczerze ze sobą – jakie intencje towarzyszą Ci na co dzień? Kiedy robisz rodzinie śniadanie, jaką intencję w nie wkładasz? Kiedy myślisz o kimś, z jaką intencją patrzysz a niego? Przyjrzyj się swoim działaniom i cofnij się do Początku. Jaka myśl, jaka intencja dała im materialną powłokę? To jest POCZĄTEK WSZYSTKIEGO.

Każdy Twój czyn płynie z intencji, dlatego tak ważne jest, by szczerze ją wybierać i ustanawiać. To jest boska odpowiedzialność za Twój świat. Masz ją w sobie, bo jesteś Początkiem.

Zapiera dech w piersiach? Stoisz właśnie naprzeciw swojej mocy – w końcu ją poznałaś. Jeśli jesteś gotowa, przyjmij ją do serca. I działaj zgodnie ze swoją intencją. Spraw by była prawdziwa, wypełniona tym, co daje Ci szczerość i dobro. Pamiętaj jednak, że intencja tworzy świat, w którym żyjesz a także Ciebie.

IX

Jeleń
– ukochanie wewnętrznego dziecka

Jeleń pomoże Ci wrócić do natury, otworzyć się na spokojną i bezwarunkową miłość wobec siebie. Dzięki niemu znajdziesz wewnętrzne dziecko, zagubione jeszcze w programach i strachach czających się pod łóżkiem. Jeleń pozwoli Ci dostrzec więcej i dalej, byś była w stanie przeskoczyć przez rzekę emocji i znaleźć się w wyższym wymiarze. Czy jesteś gotowa na spotkanie z nim?

Kiedy pierwszy raz zobaczyłam w wizji Jelenia, był ogromny, z monstrualnym porożem. Poprowadził mnie z morskiej plaży do zamglonego lasu, by za chwilę ukazać się mi na stromej grani, wysoko nade mną. Przedstawił mi swoje królestwo – przepiękną, pierwotną naturę, której miałam na nowo zaufać, zaprzyjaźnić się z nią i na nowo poczuć połączenie z nią. Zawsze spokojny i dostojny, przechadzał się po lesie, wprowadzając mnie w wyższe wymiary postrzegania. Ponieważ Jeleń to król lasu, reprezentuje Ducha Natury, wyższego wymiaru przyrody, pełnej drew, druidów, elfów i baśniowego świata, dostępnego dla tych, których intencje są czyste, a serca gorące bezwarunkową miłością do świata. Kiedy objawi Ci się Jeleń, bądź wdzięczna, bo właśnie otwierają się przed Tobą bramy wyższej świadomości. Tu na Ziemi, a także w kosmosie.

Bo Jeleń może przyjść też w różnych kolorach. Biały Jeleń to energia kosmicznej świadomości, wizualizowana zwykle pod postacią świetlistego Jelenia z półksiężycem między rogami. Biały Jeleń jest jednością Ducha Kobiety i Ducha Mężczyzny. To Świadomość Człowieka. Takie są magiczne zwierzęta, białe. Łączą Cię z Duchem, o czym więcej napiszę w Epilogu.

Łącząc się z Białymi Zwierzętami otwieramy się na świadomość, centrum, wszechwiedzę. Dlatego Jeleń jest przeskokiem przez rzekę, przejściem. Jego rogi to otwarta korona, po której spływa kosmiczna wiedza. Dlatego często podczas wizji czuję, jak Jeleń dzieli się ze mną swoim porożem, jak wyrastają mi z głowy rogi. Poruszając nimi nawlekam, jak przędzę na kołowrotek, nitki kosmosu, pełne wiedzy i informacji z innych galaktyk. Tak właśnie działają rogi Jelenia – wciąż odrastające, wciąż rosnące, coraz bardziej rozgałęzione, by dotykać nimi dalej i wyżej. Jeśli masz problem z wizyjnością, poproś Jelenia o pomoc. Wyobraź sobie, że masz na głowie jego rogi. Wręcz fizycznie poczujesz, jak otwiera Ci się czakra korony i jak łączysz się z kosmosem i wiedzą.

Swoje wczesne dzieciństwo, jelenie i sarny spędzają wyłącznie z matką. Bardzo szanują tę kruchą istotę, jaką jest małe dziecko – niewinne, nieświadome zagrożeń, totalnie ufne. Stado nie zbliża się do małego jelonka, by nie ingerować w jego czystą energię. Jedynie matka ma z nim kontakt. Dlatego Jeleń to symbol uważności na własne wewnętrzne dziecko. Często jest ono całkowicie wyparte z naszej świadomości. Nawet w rozwoju duchowym nie wspomina się o nim jako o ważnej składowej naszej istoty. Często mówi się, że mamy w sobie, niezależnie od płci, zarówno energię męską, jak i żeńską. Ale istnieje również trzecie, jakże ważne ogniwo – to właśnie dziecko, wewnętrzna istota, która zamieszkuje w Twoim sercu. Czasem pod postacią małego Elfa, a niekiedy Ptaszka. Możesz widzieć je w innej formie, np. małej, niesfornej dziewczynki, która zawsze wie, czego chce, ale nie pozwalasz jej dojść do głosu.

Jeleń, to symbol wewnętrznego dziecka. Jeśli pojawi się przy Tobie, zastanów się, kiedy ostatnio komunikowałaś się z dzieckiem w sobie. Kiedy malowałaś palcami po kartce, kiedy tarzałaś się z psem na piasku, kiedy lepiłaś bałwana lub śmiałaś się aż do bólu brzucha? Kiedy ostatnio zdjąłeś z siebie garnitur z rolą, którą przypisało Ci społeczeństwo? Jeleń pomoże Ci odnaleźć siebie. Zabierze Cię z betonowej pustyni, pomoże zgubić w lesie pośród drzew, byś poczuł puls natury, na zewnątrz i w sobie. Przypomni Ci spontaniczność, byś zachwycił się powolnym i cierpliwym rytmem natury, który jest jedyny, zawsze właściwy. To dlatego w licznych przypowieściach królowie gubią się na polowaniach i są prowadzeni przez magicznego Jelenia w głąb puszczy. Jesteś dzieckiem Matki Ziemi i Ojca Kosmosu. Jeleń ukazuje Ci przynależność do świata natury, pokazuje, że jesteś warta miłości i opieki, uważności i troski, już tylko za to, że istniejesz. Nie musisz zajmować poważnych stanowisk, zdobywać certyfikatów, chudnąć kolejnych 5 kilogramów, przyklejać sztucznych rzęs. Wystarczy, że JESTEŚ.

Jeleń pomaga przepracować dziecięce smutki, krzywdy i strachy. Pozwala nam, już bez emocji, powrócić do tamtych chwil i przypomnieć sobie swoje lęki, wyobraźnię, doskonałe pomysły, krzywdzące słowa i historie, które miały Ciebie uciszyć, byś dał spokój dorosłym. To w dzieciństwie kształtujemy swoje postrzeganie, a raczej, jest nam ono temperowane. Siła i sposoby tego temperowania zostawiają w nas trwały ślad. Jeleń pozwala powrócić do krainy dzieciństwa i z wyższego wymiaru, bez emocji, przyjrzeć się schematom, w jakich Twoja Dusza chciała tego dzieciństwa doświadczyć.

Stań więc na łące lub w innym miejscu, które jest Twoim miejscem mocy. Zawołaj Jelenia, jeśli Twoją intencją jest oczyszczenie czasu dzieciństwa. Możesz to zrobić szeptem lub donośnym krzykiem, albo prośbą wypowiedzianą tylko w myślach. On przyjdzie i spojrzy na Ciebie łagodnym wzrokiem. Spróbuj go dotknąć. Jeleń przeniesie Cię w tamto wydarzenie dzieciństwa, które w tym momencie jest dla Ciebie istotne. Poczuj tamten czas i tamtą przestrzeń. Przypomnij sobie ten dzień i wydarzenia, które się wtedy stały. Nie szukaj konkretnych wydarzeń w przepastnej pamięci, niech przyjdzie pierwsze, szybko i spontanicznie, bez zbytniego zastanawiania się. Przypomnij sobie emocje temu towarzyszące. Zobacz, który z dni wybrała Twoja Dusza, by coś zmienić, naprawić. Jeśli emocje związane z tym wspomnieniem są dla Ciebie za ciężkie, Jeleń zabierze Cię w góry lub do lasu, byś poczuła ukojenie oraz takie uczucia i emocje, których potrzebowałaś tamtego dnia, by wszystko skończyło się dobrze. Góry to symbol wysokiego ducha i połączenia z ziemią. To także wyznaczanie celów i patrzenie na wszystko z duchowego wymiaru. Las to miłość Matki Ziemi, jej błogość i ciepło, dwie jakości, których potrzebujemy w dzieciństwie i całym życiu. Ukierunkowania na własnego ducha, na marzenia, na wolność oraz poczucie bezpieczeństwa i bezwarunkowej miłości, by eksplorować świat. Przypomnij sobie, co w dzieciństwie dawało Ci takie jakości? Wakacje u babci, wieczorne rozmowy z mamą, jazda na sankach z tatą? Jeleń ma w sobie je wszystkie – jakości, które przemieniają Twoje dzieciństwo w świat, w którym wszystko było dobre, ciekawe, smaczne i radosne. Jeśli zabrakło takich jakości w Twoim dzieciństwie, jesteś teraz na dobrej drodze, by nakarmić się nimi sama. Bądź dla siebie Matką Ziemią i mocną skałą, która pokazuje Ci wyższe wymiary Ciebie, Twojego wewnętrznego dziecka. W medytacji z Jeleniem poczuj, czego od niego potrzebujesz, czego on chce od Ciebie. Jaką mądrość i umiejętność chce Ci przekazać? Wróćcie razem do Twojego wspomnienia z dzieciństwa i zamień ten dzień w najpiękniejszy, jaki Ci się uda wyobrazić. Swoją wyobraźnią potrafisz zmienić wszystko, oczyścić złe emocje, nakarmić się radością i magią. To jest dziecięca twórczość.

Traktuj siebie jak dziecko, którym chcesz się zaopiekować. Dziecko może wszystko – rozpłakać się na środku ulicy, tańczyć w metrze, śpiewać na cały głos, pluskać się w kałuży. Każda jego potrzeba jest naturalna, wynikająca ze spontaniczności życia. Pozwól sobie na to. Wszystkie

Twoje potrzeby są naturalnym stanem rzeczy i mają prawo być spełnione. Spełniaj je tak, jakby to były potrzeby Twojego dziecka. Zaobserwuj, czego sobie zabraniasz i z jakiego powodu. Jakim jesteś dla siebie rodzicem? Czy opiekujesz się sobą, a może wciąż uciszasz i temperujesz, bo wciąż czegoś nie wypada? Zobacz relację rodzic–dziecko w sobie. Zmień wszystko, co Ci się w niej nie podoba. Na co dzień konsekwentnie wykorzystuj swoją wiedzę i nowe postrzeganie w tej kwestii.

X

Sarna – zwierzęcy symbol matki, Matki Ziemi, mamy w Tobie, relacji z własną mamą

Dziś Dzień Mamy i od razu przyszła do mnie Sarna. Łagodna, spokojna, całkowicie zespolona z Naturą, z Matką Ziemią. Żyje całkowicie w zgodzie z jej rytmem, pośród drzew i łąk, w ciszy lasu. Jej ruchy są powolne i delikatne. Oczy pełne łagodności i mądrości.

Jeśli Sarna pojawia się w Twoim życiu, jest to wskazówka, by przyjrzeć się swojej relacji z Matką, we wszystkich jej przejawach.

Macierzyństwo to bardzo istotny etap w życiu kobiety. Ciąża i potomstwo diametralnie zmieniają Twoją strukturę i całą alchemię emocji. Przychodzi czas na zwolnienie biegu i spojrzenie w głąb siebie. W łagodny sposób, pełen przyzwolenia na bieg wydarzeń. To czas wyciszenia i skupienia się na tym pięknym, choć trudnym etapie życia. To czas poświęcony wyłącznie tej roli. Niestety, często nie widzisz w tym etapie całego błogosławieństwa i mocy.

W obecnych czasach bardzo często kobieta łączy macierzyństwo z innymi sprawami. Jednocześnie pracuje i nie chce pożegnać się z rytmem swojego życia sprzed porodu. Wcześniejsze wolne wieczory i bycie autonomiczną jednostką, dawne rytuały, jak samotne podróże, gwarne zakupy czy spotkania w klubach, ekscytujące życie kulturalne, stają się przeszłością, do której Ty, jako młoda mama, na razie nie pasujesz. Jeszcze za nią tęsknisz, ale na jakiś czas, to nie Twoje wibracje. Czujesz izolację od społeczeństwa nie mogąc wyjść z noworodkiem wtedy kiedy chcesz i tam, gdzie chcesz. Przyjaciele zostali w starym życiu. Twoje rozbicie na przeszłość i teraźniejszość wynika z tego, że teraźniejszość jest zupełnie nowa. Nie masz w niej jeszcze swoich przyzwyczajeń, ulubionych rytuałów, wszystko jest nieznane. Nie zagnieździłaś się w niej. To jest tak, jak z nowym domem albo pokojem hotelowym, gdzie z czasem dasz przestrzeni swoją energię, ale na razie obwąchujesz niepewnie wszystkie kąty. Każda minuta to eksploracja czegoś nowego, czego nigdy wcześniej nie znałaś. Może to budzić niepokój i niewiarę w swoje możliwości. Spokojnie. Kobiecość to Intuicja, która prowadzi również przez ten czas Twojego „jestem". Kiedy zaczynasz czuć niepokój i bezradność, pomyśl o Sarnie, spokojnej, ufającej przestrzeni lasu. Zawołaj Wilczycę, by rozszerzyła Twój kontakt z intuicją, by pomogła znaleźć rozwiązanie sytuacji, w której się znalazłaś. Może zadzwoni wtedy odpowiednia osoba, która pomoże, albo przyjdzie Ci do głowy idealny sposób na płacz Twojego dziecka.

Jesteś teraz wszystkim dla małej istoty, która potrzebuje Ciebie całkowicie. Czasem odbierasz to jako więzienie, kierując swoje myśli w stronę dawnego życia wypełnionego zupełnie innymi jakościami. Brak snu i czasu na podstawowe czynności, jak spokojne wypicie herbaty, powodują, że macierzyństwo chwilami bardzo ciąży. Może pojawić się depresja poporodowa wynikająca ze zmęczenia i zupełnie innych oczekiwań co do czasu, który nadszedł. Rodzą się wtedy niskowibracyjne emocje, jak poczucie winy i brak radości z dziecka.

Sarna pomaga wtedy wyciszyć się i wejść głęboko w stan macierzyństwa, w stan siebie. Odsuwając na jakiś czas inne etapy życia, jak praca czy rozrywkowe życie, Sarna uczy uważności na „Tu i Teraz", na tym etapie Twojego życia, by czerpać z niego garściami to co najpiękniejsze – bliskość z nowym człowiekiem, czyli nowym wszechświatem. Bliskość z własnymi uczuciami z tym związanymi, nauka nowych umiejętności, jak karmienie piersią czy śpiewanie kołysanek i wymyślanie ciekawych zabaw. To także powrót do własnej, dziecięcej krainy, która została gdzieś hen daleko, dawno temu, gdy pojawiła się dorosłość i wszystkie maski z nią związane. Swoją łagodnością i życiem w zgodzie z rytmem natury, Sarna daje wskazówki, co dla Ciebie jest teraz ważne i na co warto zwrócić uwagę – nakarmić się tym, czego potrzebujesz na tym etapie, ustanowić siebie na nowo. Czas wczesnego macierzyństwa nie trwa wiecznie – to jest czas, by być Sarną. Przyjąć jej powolny, wręcz medytacyjny rytm dnia, skupić się na byciu obok istoty, która Cię potrzebuje. Czerpać z tego jak najwięcej radości i satysfakcji. Nauczyć się dawania i przyjmowania jednocześnie. Jeśli obdarzasz tę małą istotkę miłością i spokojem – otrzymujesz z powrotem dokładnie to samo. Odrzuć wtedy ambicje zawodowe, bo w „Tu i Teraz" na razie nie jest to ważne. Jeszcze zdążysz zrobić karierę. A może jesteś już nią zmęczona?

To czas, by całkowicie zespolić się ze swoją nową naturą matki i odkryć w niej naturalny rytm własnego „ja".

Na to, jaką mamą jesteś, duży wpływ ma wspomnienie Twojej mamy, kiedy byłaś małą dziewczynką. Jak ją widziałaś, jakie obrazy stają Ci przed oczami, gdy wspominasz swoją mamę z dzieciństwa? Czy była zagoniona i zmęczona ciągłym spełnianiem potrzeb rodziny, wciąż sfrustrowana niekończącym się praniem i bałaganem w dziecięcym pokoju? Mamą, która swoje frustracje wyładowywała na Tobie? A może bardzo kontrolowała Twoje zabawy, narzucała swoje zdanie? A może była właśnie łagodna, przyjmująca każde wyzwanie macierzyństwa ze spokojem? Czy skupiała się na obowiązkach i trudnościach etapu macierzyństwa? Czy traktowała ten etap jak coś normalnego, naturalnego, bez paniki przy każdym wyrzuconym za wózek smoczku.

Doświadczając w dzieciństwie macierzyństwa swojej matki, nieświadomie przyjmujesz jej sposób patrzenia na ten etap kobiecości. Widząc ją zmęczoną i sfrustrowaną, doświadczasz macierzyństwa ze strony cienia. Nakarmiona takim jego obrazem, nieświadomie powielasz ten schemat, jak stempel wbity w Twoje serce. Odbierasz macierzyństwo jak coś ciężkiego, jak poświęcenie. Jednak to tylko program w Twojej głowie. Sama stanowisz siebie i możesz ze swojego macierzyństwa wziąć to, czego sama pragniesz. Dlatego ważne jest, by blasków macierzyństwa było jak najwięcej w naszych wspomnieniach z dzieciństwa. Czasem tę stronę blasków dokarmiają babcie, pomagające w wychowaniu wnucząt.

Macierzyństwo jest i piękne, i trudne. Istotne, by swoją uwagę skierować na jego blask, by się nim karmić i dawać go otoczeniu. Ważne, byś dawała otoczeniu szczere znaki o swoich potrzebach. O tym, by ktoś przyniósł Ci herbatę lub poszedł z dzieckiem na spacer, żebyś mogła wziąć kąpiel lub po prostu trochę pospała. Bardzo często kobiety biorą na siebie za dużo obowiązków macierzyńskich. Ambitnie chcą być idealną kopią wzorca z poradników. Z czasem dopada je absolutne zmęczenie i bezradność. Nie pozwól na to, nie zapędzaj się kozi róg. To program macierzyństwa wbity od dawna w głowy kobiet. Matka Polka poświęcająca się dla dzieci, swoim męczeństwem podkreślająca, jak ważną funkcję w życiu wzięła na siebie. Ten program matki Polki nie jest Twój. Takie stanowisko nie tylko Tobie nie służy, robiąc z Ciebie pomnik, ale wzbudza również poczucie winy lub dług wdzięczności u Twoich dzieci. Niech nie szanują Cię za męczeństwo, ale za to, że po prostu jesteś. Najważniejsza jest dla nich Twoja obecność i uważność oraz miłość. Nie baw się w drobiazgi: restrykcyjna dieta, sprzątnięty dom, zabawki ułożone równo na półkach. Ważna jest Twoja więź z dzieckiem i o nią dbaj. W miłości nie ma poświęcenia, jest równowaga w dawaniu i przyjmowaniu, tylko pozwól sobie na to. Po to masz wokół ludzi, by wspierali Cię w tym okresie życia. Daj sobie pomóc, bo masz do tego prawo. Przyjęcie pomocy to gest miłości wobec siebie. Otwarcie się na miłość własną. Masz prawo być zmęczona, niewyspana, mieć dość siedzenia w domu i kołysania dziecka. Potrzebujesz chwili dla siebie, jak każda istota, by powrócić do swojego centrum. Bo kochasz siebie tak samo jak tę małą istotkę. Też potrzebujesz miłości i zaopiekowania, tak samo jak ona. Pamiętaj o równowadze w dawaniu i przyjmowaniu. Dzięki temu uda Ci się złapać balans między potrzebami dziecka, a Twoimi. Z pomocą bliskich.

W medytacji z Jeleniem zbliżyłaś się do swojego dziecka w sobie. Wiesz czego Ci potrzeba, by być kochaną i akceptowaną w pełni. Teraz swoją miłość możesz wyrażać nie tylko w stosunku do siebie czy partnera. Teraz możesz tę miłość dawać nowej istocie. Bez programów, czystym sercem, intuicyjnie.

Macierzyństwo jest etapem, na którym dziecięcy obraz relacji z rodzicami dopełniasz percepcją od strony rodzica. To doskonały etap, by przepracować pewne schematy i zobaczyć daną sytuację z dwóch perspektyw: córki i matki, dziecka i rodzica. To dopełnienie doświadczenia, które daje całość. Nie musisz powielać wszystkich sposobów Twojej mamy związanych z opieką nad dzieckiem, weź tylko to, co rezonuje z Tobą, jako młodą mamą. Zastanów się, co w tym jest dobre, dla Ciebie i dla Twojego dziecka. Wykaż się kreatywnością, by opracować własne metody macierzyńskie.

Z Sarną łączy się słowo „łagodność", która nie musi oznaczać pokory, posłuszeństwa i bierności. Takimi skojarzeniami, co do łagodności, karmią nas programy nastawione na wyścig szczurów, zdobywanie świata i traktowanie Ziemi, jak dżungli pełnej niebezpieczeństw. Łagodność Sarny wynika z jej mądrości i uważności na najistotniejsze prawa natury – spokój, harmonię z Matką Ziemią, zaufanie sobie, życie według rytmu pór roku i rytmu dnia i nocy. Łagodność mistrza zen czy tybetańskiego mnicha w kobiecej

odsłonie. Tak powinno wyglądać macierzyństwo, niezaprzątane programami i wymaganiami innych, co do naszego życia. Łagodność to stan ducha, w którym ze spokojem
patrzymy na zmiany i wydarzenia, bo mamy wyższą percepcję odbierania bodźców. Wiemy, po co one są i dlaczego.
Taka świadomość pozwala na spokój, łagodność wynikającą z miłości do życia, do każdego jej przejawu.

Sarna daje spokój również w trudnych chwilach. Kiedy
jesteś zmęczona czy czujesz się bezradna, Sarna da Ci siłę,
by wyrazić to rozmową, spokojnym, ale mimo to mocnym
wyrażeniem swoich potrzeb. Łagodność nie potrzebuje
walczyć o swoje potrzeby. Wystarczy, że poprosi, ponieważ
wie, że w odpowiednim momencie pomoc przyjdzie.

Stając się mamą, zmieniasz się w oczach swojego partnera – to istotna zmiana w Waszym związku. Teraz nie
masz czasu wyłącznie na wspólne wieczory przy winie
i zadbanie o swoje ciało. Ale pamiętaj o tym, że w stanie
macierzyństwa jesteś piękna, karmiąc piersią, przytulając dziecko, śpiewając mu kołysanki. Być może dawny
seksapil zamienił się w ciepłą łagodność, ale nadal masz
w sobie namiętność. Ciało nie jest takie samo, ale mimo
to wypełnione jest przepiękną energią miłości – zupełnie
innej, niż doświadczałaś do tej pory. To miłość dawania
i przyjmowania. Masz w sobie moc, bo dałaś życie – nowe
życie. Partner to widzi lub czuje i musi przejść przez własny proces, by z tym zarezonować. Zda egzamin, bądź nie,
to jego proces.

Twoja uważność skierowana jest teraz na dziecko,
a nie partnera, to czas zmian w Waszej relacji. Jeśli dojrzysz w sobie, jako mamie, piękno oraz siłę i będziesz się

tym delektować – Twój partner zobaczy, że tym stanem można się cieszyć. Zobaczy spełnienie w Twoich oczach, doświadczy, jak rozkwitasz i zapragnie uczestniczyć w tym nowym etapie Ciebie. Twoje nastawienie jest bardzo ważne w sposobie odbierania macierzyństwa przez bliskich. Będziesz piękna w jego oczach, jeśli poczujesz piękno macierzyństwa i tego aspektu kobiecości w sobie.

Bycie mamą nie jest rezygnacją z siebie samej. To kolejny etap Ciebie, nowa Ty, po transformacji z Dziewczyny w Matkę. Ty, tylko inna. Poznajesz się na nowo – postaraj się, by to poznanie nowej siebie odbywało się w przyjemny i łagodny sposób. Bardziej z perspektywy obserwatora i przyjaciela, niż krytyka i wroga. Daj sobie przyzwolenie na różne przejawy macierzyństwa – od zmęczenia po wzruszenie podczas przytulania zasypiającego dziecka. Delektuj się nową jakością swoich dni. Twoje ciało, twoja Dusza i umysł chciały tego doświadczyć. Dostałaś dar – własne dziecko, by zobaczyć, jak to jest być mamą. Przyjmuj to wszystko z radością, a nawet poczuciem humoru. Zobacz, jak bardzo zmieniło to Twoją percepcję świata – stał się inny. Zmiana jest tym, co niepokoi na tym etapie kobiecości. To jedna z największych transformacji kobiety, we wszystkich jej wymiarach. Kolejne przejście, kolejna brama percepcji. Doświadczaj jej z wdzięcznością i ciekawością dziecka.

XI

Lisica – akceptacja siebie, otwarcie na kreację i działanie

Kiedy Lisica przyszła do mnie po raz pierwszy, moim oczom ukazała się w kwiecistej chustce na głowie, stojąca na dwóch łapach i trzymająca się pod boki. Wiejska spódnica okrywała jej tułów. Strój, tak charakterystyczny dla kobiet ze wsi, od razu przywołał charakter tego zwierzęcia. Niczym z rosyjskich baśni lub prawosławnej Hajnówki. Syberia i dojrzała kobieca świadomość, która kipi od energii czynu. W tej wizji Lisica była gotowa wręcz tupnąć nogą z błyskiem w oku i szelmowskim uśmiechem. Bardzo ją polubiłam. Stopniowo odkrywała mi swoje tajemnice i moce.

Lisica to ten etap kobiecości, w którym dziewczynka/dziewica przechodzi w kobiecość dojrzałą – kobietę. Lisica, to kobieta odważna, ale niekoniecznie wojowniczka. Jest odważna dzięki świadomości swoich walorów i zalet, niezależnie od komentarzy na jej temat. Jest bowiem świadoma prawdy o sobie, bo wiele już doświadczyła i wie, na czym polega jej moc. Tę wiedzę zdobyła przez życiową mądrość, nabieraną z wiekiem, świadomością i doświadczeniem. Lisica nie jest jednak jeszcze mądrą staruchą, Sową, która już tylko obserwuje świat, bo wszystko o nim wie. Lisica przede wszystkim działa.

Bierze odpowiedzialność za swoje życie i wie, jak je po-prowadzić, by była zadowolona. Wyleczyła się już ze spełniania oczekiwań innych i wątpliwości na temat swoich możliwości. Teraz wie, co ma robić, jaki jest jej cel, by być szczęśliwą. Kochać siebie i słuchać siebie.

W tej kobiecości jest dużo solarnej energii, ale właśnie kobiecej, pełnej kreacji i piękna. Lisica zatem jest żeńską energią sprawczości, energii działania i dążenia do celu. To Światło w działaniu, pulsujące z wnętrza, z serca, z korzeni.

Do lisa przyklejono, niestety, pejoratywne cechy charakteru – chytry, złodziej, któremu nie warto ufać. Ale to tylko program – zatruwanie prawdziwego obrazu przez zawistnych, by poczuli się lepiej ze swoim fałszem i maskami. Prawdziwa Lisica nic sobie nie robi z opinii otoczenia. To już jej nie dotyka. Jeżeli działa z cienia, może się to przerodzić w zarozumialstwo, ponieważ ego lubi samozadowolenie i brak samokrytyki. Lisica czasem może wpaść w taką pułapkę i zachłysnąć się samą sobą. Na szczęście, świadoma już takich historii, szybko to zauważa i wraca na swoją ścieżkę. Jej poczucie własnej wartości nie wynika z próżności, ale z akceptacji siebie takiej, jaka jest. Świadomość swojego cienia i blasku, wiedza zdobyta przez świadome życie z samą sobą, pozwoliły jej poznać prawdę o sobie, każdy aspekt swojej osobowości. Lisica wie, w czym jest znakomita, a co powinna sobie odpuścić, bo to zaprowadzi ją donikąd. Tego rodzaju AKCEPTACJA SIEBIE, daje jej absolutną wolność. Nikt, dosłownie nikt, nie jest w stanie zaszczepić w niej żadnego programu mentalnych pułapek. Ona już wie, jak je weryfikować własnym sercem i intuicją. Doświadczenie życiowe nauczyło ją, gdzie może iść, a z czym lepiej nawet się nie zwąchać. To jest jej spryt. Doskonale wie, czemu, jakim jakościom dedykuje swoje życie. Nie ma wtedy ryzyka zabłądzenia i zejścia ze swojej ścieżki.

Akceptacja samej siebie ułatwia Lisicy stawiać sobie wyraźnie cele, które są realne do wykonania, a jednocześnie ambitne. Dzięki temu ma odwagę, by kończyć pewne rozdziały w swoim życiu, nie roztrząsając ich zbyt długo. Widzi ten proces z poziomu Duszy i daje mu się prowadzić, bo wie, że to najlepszy kierunek. Dlatego ma siłę, by sięgać wysoko. I dostanie to, czego chce.

Kobieta Lisica to kreatorka. Kiedy Czarna Pantera robi karierę, jest prowadzona przez ego – po trupach, z zaszczepioną rywalizacją i bezwzględnością. Lisica tworzy własny świat, kreuje sytuacje i okoliczności, które przynoszą jej obfitość i zadowolenie. Bez niszczenia konkurencji czy w ogóle wdawania się w jakiekolwiek wojenki. Zwykle Lisica robi coś tak wyjątkowego i swojego, że nie ma ochotnika, aby stanąć z nią w szranki.

W relacjach z ludźmi Lisica jest szczera, bez buntowniczości, którą może się charakteryzować Wilczyca i jej dzika natura. Lisica powie prosto w oczy, co myśli. Nie boi się konfrontacji, ale zrobi to w taki sposób, że rozmówca przyzna jej rację albo zamilknie. To jej spryt i inteligencja, ale przede wszystkim umiejętność rozmowy na poziomie serca. Z szacunkiem, zarówno do rozmówcy, jak i do siebie.

Czasem mądrość Lisicy jej ciąży. Doskonale wie, co jest dobre dla danej osoby, w jaki sposób mogłaby uwolnić się od pewnych schematów myślowych. Wie również, że wyłożenie wszystkiego tej osobie może przynieść odwrotny skutek. Gdyby była Papugą, z pewnością gderałaby jej nad uchem, co należy zrobić. Lisica tak nie postępuje. Sprytnie naprowadza rozmówcę na trop, wrzuca do serca ziarenko, które kiełkuje i wyrasta wtedy gdy przyjdzie odpowiedni czas. Lisica przygląda się wtedy i gratuluje wyboru, zadowolona, że jej sztuczka się udała. Ale uwaga. Jeśli Lisica zejdzie z drogi prowadzącej przez serce i wybierze ego, może zacząć manipulować, zamieniając wolność wyboru w sączony w rozmówcę program mentalny. Jednak znając Lisicę, szybko to zauważy i przestanie. Zbyt dużo się już napracowała, by ponownie wchodzić do tej samej rzeki, gdzie ego panuje nad człowiekiem. Lisica już to zna i nie da się na tym złapać. Prowadzi ją Światło, które ma w sobie. Tak jak słońce, Lisica jest dla siebie centrum Wszechświata, obdarza swoim światłem również innych. Uwielbia się nim dzielić z tymi, których kocha.

Lisica to kobieta, która uleczyła już swoje rodowe linie, traumy zapisane w jej łonie, blokujące kreację. Jest gotowa podbijać świat, świadoma do czego jest zdolna, bo zaakceptowała siebie całkowicie, wraz ze swoimi wadami i zaletami. Dogadała się z Przodkami, czyszcząc wspólnie to, co było. Ukochała Matkę Ziemię i Ojca w Kosmosie. Poczuła, że jest dzieckiem Wszechświata. Jej rozwój duchowy jest bardzo zakorzeniony w ziemskim życiu, dlatego osiąga pełnię. Wie, że sam rozwój duchowy i pływanie w chmurach, dają dużo wolności i pięknej, świetlistej energii. Jednak dopiero sprowadzenie tego do poziomu ziemi i codziennego życia, jest wypełnieniem procesu. Dlatego dba o ciało poprzez dobre jedzenie, kocha naturę i dba o nią, traktuje zwierzęta i ludzi na równi ze sobą. Wie, że działanie z serca jest największym motorem do spełniania marzeń.

Lisica zna i nie boi się wyrażania własnych potrzeb, bo robiąc to zauważa cel swoich działań, co mobilizuje ją do pracy. Bo potrzeby są jak strzały z intencjami.

Jednak ruda piękność miewa też słabsze momenty, chwile zwątpienia i dni spędzone w norze pod kołdrą. Wie, że to jest jej potrzebne, przyjmuje ten proces, który przejdzie zwycięsko. Zwraca wtedy swoją uważność na to, co właśnie ją spotkało i uczy się dlaczego. Wie, że w momentach słabości również jest siła i nowe wnioski na swój temat. Trudniejsze dni są naturalne i ludzkie, a Lisica po prostu kocha siebie i otaczający ją świat. W sobie i otaczającym świecie widzi piękno i miłość. Widzi także drobne zabrudzenia, które jednak nie burzą jej świata.

Czytając o Lisicy, zastanawiasz się może teraz, jak stać się taką kobietą - pełną wiary w siebie i swoje możliwości, świadomą, akceptującą całą siebie. Jeśli przy lekturze tej książki szczerze przepracowałaś poszczególne aspekty kobiety - możesz już być Lisicą. Znasz siebie lepiej niż ktokolwiek na Ziemi. Wiesz, co Ci służy, a czego nie lubisz, czujesz własne potrzeby. Wystarczy, że pokochasz siebie taką, jaka jesteś. Lisica Ci w tym pomoże. Doda światła do Twoich myśli, doda odwagi do walki o swoje potrzeby, wesprze tupnięciem nogi, gdy zechcesz postawić granice. Będzie tarzać się z Tobą ze śmiechu, gdy zobaczysz, jak ktoś chce Cię zaprogramować, ale zupełnie mu to nie wychodzi. W tych momentach jesteś Lisicą, bo działasz z serca i miłości do siebie.

Jako Lisica jesteś w stanie znaleźć takiego partnera, który stanie u Twego boku w równowadze z Tobą. To będzie w końcu Lew, a nie przestraszony chomik lub mroczny grizzly. Będziecie nawzajem się wspierać. To nie musi być jeden mężczyzna. Różne męskie jakości znajdujemy w wielu osobnikach. Wystarczy, że porozmawiasz z Lisicą w sobie i ustalisz potrzeby, jakie ma spełniać dany związek. Rób tak przy podejmowaniu każdej decyzji – pytaj samej siebie, co od danej sytuacji chcesz wziąć, czym się nakarmić, do czego jest Ci ona potrzebna. Świadoma siebie, wybierzesz takie jakości, które faktycznie będą Cię wspierać. Bez sentymentów do przeszłości i bez strachu przed przyszłością, ciesząc się własnym „jestem".

XII

Wiewiórka
– odwaga do działania

Prawda o człowieku bywa czasem zaskakująca, wręcz zabawna. Niektórzy z nas mają tak mocne opory przed działaniem, że wymyślają niestworzone historie i zawiłe tłumaczenia, również inkarnacyjne, żeby wytłumaczyć i usprawiedliwić swój brak działania. One nie muszą wynikać z lenistwa, chociaż te są najbardziej powszechne. Tak zwana strefa komfortu mięciutko nas ogarnia, rozmywając horyzonty naszego postrzegania i minimalizując nasze zainteresowanie do małej przestrzeni wokół nas. Właśnie z lenistwa, strachu albo niepewności, nie wychodzimy poza jej granice, chociaż prawdziwe życie zaczyna się właśnie za jej murami. Wystarczy zadziałać, ruszyć się i zawalczyć o swoje szczęście.

Ten marazm w człowieku, doskonale ukazuje zarówno Sójka, jak i Ćma – oba aspekty kobiece, które niepewne swojej siły, wolą odwlekać czas działania i decyzji lub rozmywają to marzeniami, których nie mają zamiaru zrealizować. Remedium na Sójkę i Ćmę w Tobie jest Wiewiórka. To kolejne – obok Lisicy i Anakondy – ogniste Zwierzę Mocy, które swoją solarną siłą pokazuje moc działania.

Wiewiórka, to esencja czynienia. Nie zatrzymuje się prawie nigdy w ciągu całego dnia, zaciekawiona każdym przejawem życia wokół niej. Ciągle ma sporo do zrobienia i wciąż wyszukuje nowe doświadczenia, doznania i wyzwania. Niespokojny duch eksploratora, ciekawego świata czy Wszechświata, jak dziecko. I właśnie tej ciekawości brakuje ludziom pokroju Ćmy czy Sójki. Zakorzenieni tak mocno w rutynie, mają trudność z wyobrażeniem sobie, że poza strefą komfortu, jest też inny, ciekawy świat. Co więcej, ten świat jest ciekawszy i bardziej kolorowy, niż wybrana strefa komfortu. Widać to doskonale na przykładzie ludzi korporacji. Zabetonowani w swoim umyśle i emocjach, w świecie jednej firmy, zapominają o rzeczywistości na zewnątrz. Nawet kiedy wyjdą z pracy, są tak zniewoleni, że nadal w niej są, mimo fizycznej nieobecności. Ich emocje, wspomnienia, myśli o jutrze, krążą jak satelity, wciąż wokół jednego tematu, wokół jednej rzeczywistości. Czy przeżywasz wciąż taki sam dzień? Praca „od do", te same dania, ci sami ludzie, te same czynności przed pójściem spać? Budzisz się kolejnego dnia i wiesz, jak on będzie wyglądał?

Przebudź się i wyjdź ze strefy komfortu. Zastanów się, czy może wciąż rozpamiętujesz pewne przykre sytuacje – rozstanie z partnerem, kłótnię, smutki, które na Ciebie spadły? Karmisz się wciąż poczuciem krzywdy, zatapiając się w tym coraz głębiej, zamiast puścić i żyć dalej, tkwisz w przeszłości, która nie ma Ci już nic do zaoferowania. To jest jak skupienie się na jednej, czarnej kropce narysowanej na białej kartce.

Profesor wykonał w szkole pewien eksperyment. Każdemu z uczniów wręczył kartkę, na której widniała czarna kropka. Zadanie polegało na tym, by opisać, co widzi się przed sobą, na wręczonym kawałku papieru. Każdy z uczniów skupił się wyłącznie na kropce – jakiego jest koloru, gdzie została umieszczona, jakie ma wymiary i kształt. Nikt w klasie nie zainteresował się białą przestrzenią wokół czarnego punktu. Uważność na strefę komfortu ogranicza naszą percepcję w ten sam sposób, każe nam widzieć wyłącznie czarny punkt, zamiast bezkresu bieli wokół.

Z tej matni może nam pomóc wyjść Wiewiórka. To zwierzę zaraża swoją żywotnością, a przede wszystkim dziecięcą ciekawością. Jej chęć do działania wynika właśnie z ciekawości, co takiego stanie się dzisiaj. Co ciekawego znajdę na drzewie, pod gałązkami? Czy będzie to mroczne, czy wręcz odwrotnie? Czy przyda mi się do czegoś, gdzie to zakopię, a co zaniosę do swojej dziupli? Nie zastanawia się, jak ciężki będzie jej dzień. Otwiera oczy i z uśmiechem zabiera się do życia. Oczywiście, by rankiem poczuć się jak pełna życia wiewiórka, warto zastanowić się, czy Twoje życie sprawia Ci radość. Czy budząc się rano, uświadamiasz sobie, kim jesteś, w jakim miejscu życia się znajdujesz, czy na Twojej twarzy pojawia się uśmiech, czy wibracje spadają automatycznie w dół? Warto zaobserwować swoją pierwszą reakcję po przebudzeniu. Bardzo dużo mówi o Twoim życiu i o Twoim stosunku do niego. Tego się nie da oszukać i warto wykorzystać ten moment dnia na znalezienie odpowiedzi na pytanie, czym tak naprawdę, z głębi serca wypełniłabyś swój dzień. W swojej świadomości poczuj się taką Wiewiórką w dziupli i poczuj, że możesz wszystko, że wszystko Cię ciekawi i tylko Ty i Twoje decyzje pobudzają Cię, lub zniechęcają, do działania.

Zastanów się, ile razy miałaś ochotę coś zrobić po raz pierwszy w życiu i nagle przyszła myśl, że nie warto, że i tak się nie uda. Że w sumie musisz załatwić masę spraw, które są ważniejsze, choć nie przyniosą Ci radości z życia. To jest właśnie klatka strefy komfortu. To Twoje myśli tworzą wokół Ciebie klatkę niemożliwości, blokad i zniechęcenia. A wystarczy nakarmić się wiewiórczą ciekawością i po prostu spróbować zrobić coś pierwszy raz, tylko z powodu radości istnienia. Coś innego, co diametralnie będzie się różniło od wciąż tych samych dni.

Wiewiórka nie myśli, że się nie uda. Nie roztrząsa czy jest niezbyt waleczna, za mała, za młoda, by coś zrobić. Po prostu robi i wyciąga z tego wnioski. Ile razy marzyłaś o skoku ze spadochronem albo by wykąpać się o północy w jeziorze? Kiedy o tym marzysz, uśmiechasz się do siebie w głębi i oczami wyobraźni już jesteś tam, w tym czasie i miejscu swojej mocy. Gdy realizujesz marzenie, działasz z głębi serca. Dlaczego zatem nie zrobisz tego „Tu i Teraz", w tej ziemskiej gęstości? Masz wszystko, by tego dokonać – własną decyzję i siły do działania. Jeśli podejmiesz decyzję z głębi serca, z czystością intencji, okoliczności Wszechświata zmienią się tak, by dzieło się dokonało.

Obudź się dziś, jak Wiewiórka, w swojej dziupli. Swoją świadomością i potęgą wyobraźni stwórz wokół siebie dziuplę, poczuj rudy, puchaty ogon i dużo słonecznej energii do działania. Oddychaj z zamkniętymi oczami i wyobraź sobie, że jesteś żywotną, ciekawską Wiewiórką, pełną radości istnienia. Zastanów się, na co masz ochotę, co chcesz robić tego dnia, czym go wypełnić, by wieczorem z satysfakcją położyć się z powrotem na łóżku w dziupli?

Kiedy już wybierzesz i zadecydujesz, odważ się to zrobić. Jeśli masz z tym trudności – nie przejmuj się. Swoje emocje z tym związane potraktuj jako wskazówki. Jako obserwator tych emocji zobacz, dlaczego tak mocno blokujesz się na realizację planów? Dlaczego tak boisz się ruszyć z miejsca? Co tak naprawdę tkwi teraz w Twoim sercu, że Twoje ruchy są unieruchomione potęgą Twoich własnych myśli. Zobacz w tym program, który Cię zniewala. Czy to jest niewiara w siebie, czy przekonanie o braku sukcesu, czy jeszcze coś innego? Rozłóż te emocje jak orzeszki w swojej dziupli i wyrzuć przez okno puste, które karmią Cię jedynie brakiem. Zakop te, z których może wyrosnąć dorodne drzewo. Innymi nakarm się dzisiaj, by dały Ci siłę do realizacji Twoich potrzeb z serca.

A może nie ma w Twoim życiu wyborów, bo boisz się ich dokonać lub nie wiesz, jak to zrobić, bo decyzję zawsze zostawiałaś innym? Najwyższy czas udać się do dziupli Wiewiórki z wizytą.

Motorem działań Wiewiórki jest radość z życia. To jej kompas wskazujący, czym powinna się zająć, a czym nie. Jaki zawód, miejsce i czynności przynoszą Ci radość – tym się kieruj w wyborze pracy, domu, rodziny, przyjaciół. Programy dorosłości – poważanej, na stanowiskach i z tytułami – odbierają radości rację istnienia. Umniejszają jej rolę w Twoim życiu, samopoczuciu, w strukturze emocji. Będąc dorosłym, nie wypada śmiać się czy tańczyć, robić z siebie pajaca czy wygłupiać na placu zabaw z dziećmi. Dorośli nie mogą być szczęśliwi. Nakarmieni programem, że radość jest niepoważna i niewskazana, nie przystoi w pewnym wieku, na danym stanowisku, z określoną ilością pieniędzy na koncie – tracimy kompas, który wskazuje nam drogę do szczęścia, spełnienia i życia w pełni. Radość odczuwana przez dziecko na widok biedronki, kolorowego kwiatu czy trzech gałek lodów, to właśnie wiewiórcza radość. Cieszenie się każdą chwilą istnienia i wyszukiwanie w życiu tego, co karmi nas tą radością. Właśnie tym kieruj się, by znaleźć sens i smak istnienia.

Czy nie wolisz, by Twoja praca była radosnym spotkaniem z ludźmi podobnymi do Ciebie, gdy wspólnie tworzycie coś ważnego, zamiast pracą, do której idziesz znudzona na samą myśl o odbębnianych codziennie czynnościach lub zestresowana, co Cię w niej dzisiaj przykrego spotka? Dlaczego Twój dzień wypełniają sprawy i zadania, które ani na moment nie wywołują na Twojej twarzy uśmiechu? Zabierając sobie radość, zabierasz sobie powietrze. Wyobraź sobie, jak jesteś czymś rozbawiona do tego stopnia, że wręcz brakuje Ci tchu. Śmiech napełnia Twoje płuca energią życia. Dosłownie oddychasz głębiej, doświadczasz w swoim ciele więcej „natchnienia". Przypomnij sobie, jak lekko się czujesz, gdy spotka Cię coś zabawnego.

A teraz zastanów się, co Ci tę radość zabrało? Kto lub co ściągnęło Twoje brwi w groźny trójkąt i tak pozostawiło? Możesz teraz wybierać wielu ze swoich znajomych, szefów, rodziców czy dziadków. Ale to Twoje myśli zachmurzyły Ci czoło. Twoje myśli zasłaniają to słońce, które daje radość życia. Myśli są jak te orzechy w dziupli. Czasem puste i warte jedynie wyrzucenia. Innym razem zgniłe, bo minął ich termin przydatności, a Ty wciąż wspominasz przykre zdarzenia. A bywa, że pełne mądrości, dystansu i światła. Te ostatnie poukładaj w swojej dziupli – swoim umyśle, i karm się nimi. Swoją dziuplę trzeba sprzątać czasami, by była w niej przestrzeń. Wtedy przyjdzie nowe – to, co wybierzesz. Ponieważ nauczyłaś się już wybierać świadomie, patrząc w serce, wietrząc umysł, wysyłając marzenia w przestrzeń.

XIII

Sowa – mądrość staruchy, przewodnik przez Twoją noc

Śnieżna, biała, z ogromnymi skrzydłami. Kojarzy mi się zawsze z mroźną Syberią i wiedzą tamtejszych starych kobiet. Mądrością życiową zdobytą przez doświadczenie i długą obserwację samej siebie. Wiedza Północy, to ogromna świadomość człowieka i jego natury. Ogromna moc idąca z kosmosu. Tam miłość ma kolor mroźnego różu i fioletu i pachnie wieczornym dymem z kominów, który unosi się nad syberyjską tajgą. Brakuje tu beztroski południowego morza czy temperamentu Amazonii. Tam miłość ma zmarszczki, spracowane dłonie, a odpoczywa na bujanym fotelu. Bynajmniej nie jest to poczciwa staruszka, raczej tajemnicza szeptucha o ogromnej dobroci okazywanej raczej przez samą obecność i milczące wsparcie, niż przytulenie i słowa „kocham cię". Taka też jest Sowa.

Dzięki temu, że jest zwierzęciem nocnym, sporo wie o Twoim cieniu. Ale nie tapla się w nim i nie analizuje każdego kroku, który dotąd uznawałaś za fałszywy na swojej ścieżce. Po prostu przeprowadza przez ciemność, nie tracąc na nią żadnej emocji. Obserwuje i reaguje, gdy trzeba. Zbiera wnioski, nastawiona na odrobienie lekcji.

Wie, że to chwilowe zawahanie na ścieżce ku Światłu i minie, jeśli tylko się nie poddasz. W chwilach zwątpienia zahuczy lub sfrunie nad Twoją głowę, byś skupiła się na celu – wyjściu z cienia.

Otacza ją spokój i wewnętrzne opanowanie. Największe ciemności nie spowodują w niej strachliwego drżenia czy chęci ucieczki, ponieważ cień zna, jak samą siebie.

Ten cień, to przecież Ty sama – Twoje myśli, emocje i czyny. Nic więcej. To programy umysłu, które oplatały Cię od dzieciństwa z dnia na dzień, zaklejały trzecie oko i tworzyły klatkę wokół serca. Karmiona tym z zewnątrz, w końcu przyjęłaś owe programy jak swoje, przestając postrzegać świat czystością intencji, otwartym sercem i ciekawością dziecka. Jak często kłócisz się z samą sobą, kiedy ewidentnic czujesz połączenie z drzewami w lesie i słyszysz, jak do Ciebie mówią, nagle włącza się „druga Ty" z umysłu, twierdząc, że to przecież niemożliwe? Jak często, czując w sercu radość i delektując się chwilą, za moment Ty sama zaczynasz równoważyć to listą zadań do wykonania, by zbytnio nie zakochać się w życiu? Czyż nie jest tak? Sowa to widzi, obserwuje z grubej gałęzi i wspiera. Ale sama do Ciebie nie podfrunie. Szanuje Twój wybór, a może jak dobry profesor, najpierw obserwuje, jak sama poradzisz sobie podczas tego egzaminu. Sowa oczekuje od Ciebie decyzji – chęci poznania samej siebie, również ciemnej strony. W jakim celu? By nie powtarzać już lekcji.

Jeśli chcesz wyjść ze swojego cienia, poproś Sowę o przewodnictwo. Wyobraź sobie, że stoisz w swoim miejscu mocy, czyli tam, gdzie czujesz się częścią Wszechświata.

To może być rodzinny dom, las, w którym bawiłaś się jako dziecko albo całkowicie wymyślona przestrzeń. Wyciągnij rękę w górę i czekaj, aż Sowa do Ciebie przyfrunie. Przywołaj ją. Może usiądzie Ci na przedramieniu albo będzie tak ogromna, że od razu chwyci Cię w szpony i zaniesie tam, gdzie masz do załatwienia pojedynek z cieniem. Poczuj jej siłę i mądrość. Jej skrzydła i szpony są do Twojej dyspozycji. Zobacz, jak Sowa ląduje z w ciemnym lesie. Zostawia Cię tam, a sama siada gdzieś na konarach drzew, które ledwo widzisz pośród ciemności. W oddali widzisz jakby wschód słońca lub poświatę wioski, podążasz tam, nie zważając na warunki, w których się znalazłaś. Nietoperze, pajęczyny czy dziwne stwory, są tylko zjawami z Twojej wyobraźni, karmione emocjami strachu i zwątpienia. Pamiętaj, że Sowa jest tam z Tobą. Wyłapie złowrogie pomruki i przegoni od Ciebie każdego nietoperza. Z takim wsparciem, na własnych nogach dojdziesz do skraju lasu, za którym rozpościera się piękna łąka – zielona, pachnąca kolorowymi kwiatami, gdzie owady fruwają w słońcu, a powietrze jest lepkie od słodkiego zapachu. Gdzie słońce wylewa się na cały świat i przenika również w Twoją strukturę.

Wyszłaś właśnie z zimy swojej Duszy na wiosnę i życie, rozpoczynasz nowy rozdział samej siebie. Tam, na łące, spacerują łagodne sarny i jelenie, a elfy dbają o każdy płatek i listek. Możesz teraz odpocząć, odetchnąć po trudach podróży, kładąc się na soczystej trawie i nabierając sił, wprost z Ziemi. Bo kiedy wychodzisz z cienia i czyścisz się z jego pozostałości, kolejnym niezbędnym etapem jest wypełnienie się światłem i dobrocią Matki Ziemi. Może gdzieś w górze przemknie przez łąkę cień Sowy. Ona tylko

sprawdza, czy wszystko z Tobą w porządku i wraca do swojej dziupli. Jest gotowa na kolejną chwilę, w której poczujesz, że spadasz z wibracji, a wtedy znów się spotkacie.

Kroczenie duchową ścieżką bywa łatwą drogą, zwłaszcza kiedy zanurzasz nogi w miękkim mchu lub wodzie oceanu. Jednak czasami na drodze pojawią się ostre kamienie lub cierniste krzewy, sprawiające wrażenie nie do pokonania. Doświadczenie i mądrość Sowy, dają Ci trening i umiejętności radzenia sobie z trudnościami, dzięki czemu wciąż idziesz do obranego celu Duszy.

Przypomnij sobie pierwsze miesiące, gdy dopiero wchodziłaś w świat magii, pracy z energią – jakkolwiek to nazwiesz. Ile było w tym zagmatwania, nowych umiejętności i faktów. Z każdym krokiem Twoja wiedza ugruntowywała się w Tobie. Każdy przepracowany przez Ciebie problem zostawił po sobie mądrość w Twojej pamięci oraz sposoby, jakimi poradziłaś sobie z cieniem. Właśnie doświadczenie ofiarowuje Ci jakość Sowy, która sprawia, że już się nie boisz. A jeśli czasami poczujesz strach, to masz świadomość jego obecności. Nie obezwładnia Cię już i nie blokuje. Z czasem zaczniesz podchodzić do życia bez zbędnych emocji. Będziesz przypatrywała się temu, co się wydarza i ze spokojem oraz mądrością, odnajdziesz przyczynę i rozwiązanie. Będziesz mogła wtedy postawić przy konkretnym doświadczeniu adnotację „zaliczone" i nie wracać już do niego.

Kiedy jakiś cień w Tobie albo złe wibracje, które zabrały Cię w dół, męczą Cię i nie pozwalają na radość – przywołaj Sowę. Wspólnie zdecydujecie na chłodno, co robić. Sowa pomaga wyjść z emocji, które utrudniają zobaczenie problemu z innej perspektywy. Kiedy więc coś mocno Cię rozczarowało, weszło jak zadra w Twoje serce, biegnij do lasu lub innej swojej przestrzeni. Ze spokojem usiądź na gałęzi razem z Sową, przypatrz się sytuacji i oczyść się z emocji, by zobaczyć więcej. Filtruj wszystko przez swoje serce i obserwuj czy odbija się to prawdą, czy trąci fałszem programu. Gdzie jesteś w tym Ty i czego w danym momencie dowiadujesz się o sobie? Taka intencja „przerobienia" problemu automatycznie stawia go w pozycji eksponatu do przeanalizowania. Kwestii, którą rozbierasz wręcz w naukowy sposób na czynniki pierwsze. Zapisz wszystkie wnioski sowim piórem do księgi doświadczeń, a wkrótce z ucznia staniesz się swoim mistrzem.

W każdym wieku, na każdym etapie życia możesz korzystać z mądrości i doświadczenia Sowy. To jest tak, jakbyś poszła do swojej ukochanej babci i wypłakała się jej, tuląc głowę na jej kolanach. Ona tylko uśmiecha się, słucha. Wie, że Twój problem jest jedynie krótką chwilą zwątpienia i zagubienia, a już za chwilę wyjdziesz z tych mrocznych myśli, które sama stworzyłaś, opisując trudną sytuację. Chwile zwątpienia są normalne i daj sobie prawo do tego, by przychodziły. Po nich odzyskasz znowu sens i spokój.

Spotkanie z Sową jest zwycięskim przejściem przez własny cień. Najpierw długo chodzisz po mrocznym lesie swoich myśli, a Duch Natury Ci w tym towarzyszy, prowadząc w najciemniejsze rejony i dając swoją moc. Po całym procesie przychodzi odpuszczenie, zrozumienie i na koniec – śmiech z samej siebie. Jak mogłam zamartwiać się tą sprawą i widzieć ją w taki sposób? Zaczynasz widzieć bezsensowność swoich zmartwień i działanie labiryntu umysłu, który zwodzi i zapętla. Wtedy sytuacja nabiera zupełnie innych kolorów. Powraca sens i radość istnienia. Nabierasz dystansu, wychodzisz razem z Sową z emocji i widzisz problem z innej perspektywy. Przychodzi odpuszczenie, błogość i radość aż w końcu działanie z serca w materii.

Sowa to źródło plemiennych baśni, pełne mądrości Przodków. Posłuchaj ich, polecam stronę www.basnieludowziemi.pl, ponieważ dzielą się z Tobą swoją mocą przez malownicze obrazy i piękne historie. W danej chwili przyjdą do Ciebie takie bajki i baśnie, które przyniosą konkretne rozwiązania. Wsłuchuj się w nie sercem, a odczujesz całą sobą wieczność istnienia oraz tradycję ludów, która wciąż trwa i nic jej nie zniszczy. Uzyskujesz wewnętrzny spokój, bo rozumiesz już, że jesteś nieśmiertelna.

XIV

Mewa – lekkość bytu

Słyszałaś kiedyś śmiech mew, które fruwają nad morzem? Ich głosy są radosne, głośne, pełne dobrej energii. W ich dźwiękach słyszę szczęście, że mogą fruwać w słońcu, surfować na podmuchach wiatru, karmić się tym, co przyniesie im morze – rybami z jego głębin i skorupiakami, które znajdą na brzegu. Morze wyrzuca dla ich smaczne kąski, przynosi im je na złotej tacy gorącego piasku.

Mewa, jako Zwierzę Mocy, uczy właśnie takiego radosnego podejścia do życia. Śmiania się z każdego jego przejawu i wykorzystywania każdego aspektu życia, by się nim delektować.

Jest przeciwieństwem Ćmy – kobiety, która schowana w swoich cieniach i mrokach Duszy, serca i umysłu marzy o świetle i frunie do niego, ale wciąż jej skrzydła dotykają nocy. Mewa odwrotnie – jest kobietą, która poznała swój cień i przepracowała go. Wie, że nie ma sensu wciąż się nim karmić, bo to nie służy kreacji, ani na Ziemi, ani w innych wymiarach. Woli skupiać się na blaskach istnienia, radości i w ten sposób chce wyrażać siebie. A cień traktuje już z dystansem, zmieniając go w żart.

Twórczość artystyczna może się objawiać na wiele sposobów. Jest to zwykle przedstawianie, opisywanie swoich doświadczeń i swojego sposobu widzenia Wszechświata. Twórczość według Saamów – norweskiej ludności pierwotnej – jest kolejnym krokiem na ich szamańskiej ścieżce. Najpierw kontaktują się z innymi wymiarami rzeczywistości, przepracowując własne blokady i trudności, żeby móc poznać własną wewnętrzną moc. Gdy przejdą ten etap, dzielą się swoimi doświadczeniami z resztą – właśnie przez sztukę – by mądrość Przodków, która przez nich przepłynęła, żyła nadal w ich obrazach, słowach i pieśniach dla nowych pokoleń. To kontinuum wspólnoty z Przodkami – przędza na kołowrotku nawijana dłońmi potomków – żeby mądrość istnienia nie zaginęła i żyła wiecznie.

Są artyści, którzy karmią się tęsknotą, nieszczęśliwą miłością i smutnymi doświadczeniami z życia. W swoich filmach, książkach, obrazach, pokazują zło tego świata i mroczne zakamarki ludzkiego losu. Skupieni na wojnie, smutku i braku miłości, tworzą dzieła, które – owszem, ukazują świat, który istnieje, ale kontynuują jego niskie wibracje, tworząc kolejne obrazy o takiej samej, niskiej energii. Martyrologia i męczeństwo są wpisane w epokę Ryb, z której na szczęście już wychodzimy. W epoce Wodnika są zbędne programy fanatycznych idei, wojennego bohaterstwa czy męczeństwa. Nie ma sensu wciąż tęsknić i zasmucać Duszy. To już minęło. Dało nam siłę i wiedzę o swoich mocach. Teraz nadszedł czas, by w końcu cieszyć się życiem i możliwościami, które nam daje. Nie ma potrzeby wciąż karmić się martyrologią ludzkiego losu. Przecież jest w nim również radość, zwróć więc uwagę na blaski życia.

Jak Mewa, która widzi świat w zupełnie innych barwach. Surowość, ale i piękno morskiego klimatu dają jej pełnię doświadczeń, które kwituje radosnym śpiewem.

Mewa uratowała mnie dwukrotnie w bardzo ważnych, uświadamiających momentach mojego życia. Pierwszy raz pojawiła się podczas przepracowywania doświadczenia z inkarnacji holocaustu. Wyrwałam się w wizji ze szponów śmierci i trafiłam, jeszcze w pasiastym uniformie obozu zagłady, na plażę. Na niej było rozpalone ognisko, do którego wrzuciłam obozowe ubrania, a morze oczyściło moje ciało. Wtedy przyfrunęły mewy z nowymi ubraniami, a z nieba zaczęły mi zrzucać ryby, by nakarmić wygłodzone ciało. Ich śmiech przeszywał niebo, rozjaśniając cały smutek i grozę wcześniejszych doświadczeń. Byłam ogromnie wdzięczna za ich pomoc i radość, jaką wniosły do tego mocnego i trudnego procesu. Ich śmiech był granicą odcięcia czarnej przeszłości od świetlistej przyszłości.

Po raz drugi Mewa pojawiła się podczas rozmowy kwalifikacyjnej o pracę. Będąc już od lat na szamańskiej ścieżce, w bezpośrednim kontakcie z Naturą w sercu i Duszy, znalazłam się w biurowej przestrzeni ogromnego wieżowca. Los chciał, bym doświadczyła tej rozmowy i zrozumiała, że tak naprawdę nie chcę już zniewolenia w żadnym aspekcie życia – również w pracy. Po przeróżnych etatach na wysokich stanowiskach, gdzie zadania zawodowe zajmowały większość mojego czasu, również tego wolnego, zmieniłam życie, wyprowadzając się do innego kraju. Tam znalazłam pracę w kawiarni na plaży, gdzie zajmowałam się po prostu serwowaniem kawy. Dopiero wtedy poczułam przyjemność z zarabiania pieniędzy. Dzięki pracy z widokiem na ocean, bliskości plaży, kontaktowi z uśmiechniętymi i zrelaksowanymi ludźmi oraz dobrej, aromatycznej kawie robionej przeze mnie na wiele sposobów, nakarmiłam się tym, o czym od tak dawna marzyłam. Wtedy to wezwano mnie na spotkanie w sprawie pracy w biurze. Wchodząc do budynku korporacyjnego, widząc duszne pokoiki z zamkniętymi oknami i czując całą sobą energię korporacyjnego świata, moje ciało zaczęło się dusić. Musiałam wstać z fotela, na którym oczekiwałam na spotkanie z managerem, bo moje nogi na siłę prowadziły mnie na zewnątrz. Moje ciało dawało mi znak – „wyjdź stąd". W powrocie do równowagi pomogła mi przelatująca przy oknie mewa. Spojrzałam na horyzont, słoneczne wzgórza i wolne ptaki, które krążyły na wysokości ósmego piętra wieżowca. Wyobraziłam sobie, że jestem jednym z nich, a wokół mnic wolna przestrzeń. Przelot mew uspokoił mój oddech, dał głowie odpowiednią do sytuacji perspektywę obserwatora. Moje emocje odpłynęły, obserwowałam świat, w którym na moment się znalazłam z dystansem i już z rozbawieniem. Wydumane pytania managera, odczytywane z wymaganą na tym stanowisku powagą, śmieszyły mnie do tego stopnia, że musiałam panować nad mewim śmiechem, który wyrywał mi się z gardła. Byłam mewą, która bawiła się tą sytuacją. Komfort pracy w kawiarni dał mi spokój i pewność, że biuro i korporacyjne klikanie w klawiaturę, w dusznym miejskim środowisku, nie jest dla mnie. Przekonałam się, że nie chcę już do tego wracać. Mewa w moim sercu frunęła już tęsknie na plażę, by delektować się słońcem i parzyć pyszną kawę, by tworzyć codziennie radość i relaks, nie tylko w stosunku do klientów kawiarni, ale również dla siebie. Mewa dała mi dystans i wolność od emocji, które w biurowcu były ciężkie, jakby zasnute smogiem miasta.

Tak właśnie pomaga Mewa – w chwilach trudnych bądź przełomowych karmi radością i dystansem. Pokazuje światło życia jako podniebny wysłannik, dzielący się wolnością. Zmienia czarne myśli w jasne i kolorowe. Inspiruje tym do dalszej kreacji, nie tylko codziennego życia, które jest jedną z ważniejszych kreacji naszego istnienia, jest także posłannikiem z wyższych wymiarów, które prowadzą Twoją wyobraźnię na wysokie wibracje. Byś widziała blaski zamiast cieni, byś wybierała radosne, a nie smutne doświadczenia. Wreszcie, byś wyrażała swój świat w kolorach tęczy, a nie smogu i smoły.

Mewa może pomóc w wielu aspektach doświadczania swojej kobiecości i istnienia z blasku. Po pierwsze, daje możliwość przejścia przez trudne procesy, zachowując perspektywę obserwatora. Frunąc z nią ponad miastem czy morskimi falami, nabierasz perspektywy dalekiej od złych emocji. Wtedy po prostu widzisz, co się wokół dzieje i jak to na Ciebie wpływa. Z pomocą śmiechu mewy i jej radosnego nastawienia do świata, zyskujesz odpowiedni dystans do problemów. Świadomie wybierasz czy się martwić, czy zamienić coś w żart. Nie bierzesz na barki problemów tego świata, jest Ci lekko i wszystko możesz.

Mewą była moja babcia od strony mamy. Przeżyła II wojnę światową, wywieziona do pracy w Niemczech. Ale jej nastawienie Mewy uratowało ją przed mrocznymi doświadczeniami. Zawsze dobrze wspominała Niemców, u których pracowała. Mówiła, że byli dla niej dobrzy. Nauczyli ją gotować z tego, co dawał dzień, a wiadomo, że podczas wojny było ciężko o jedzenie. Jednak moja babcia odbierała to jako naukę i czerpała radość z wykorzystywania możliwości. Nie spotykała na swojej drodze złych ludzi. Śmiała się ze wszystkiego i obracała w żart jakiekolwiek sytuacje, które innych mogłyby wyprowadzić z równowagi i popsuć dzień. Z dużą ufnością do tego, co ją spotykało, żyła radośnie, widząc jedynie blaski w każdej z życiowych sytuacji.

Śmiech Mewy daje lekkość bytu. Mając ją w sobie, zaczynasz przesiąkać nią i wibrować tą lekkością na zewnątrz. A kiedy to robisz, byt zmienia się w lekki i przyjemny, ponieważ wszystko zaczyna się w Tobie: każdy smutek i śmiech, każda zmiana i każda decyzja. Od Ciebie zależy, jak zareagujesz na daną sytuację, w jaki sposób odwrócisz ją na swoją korzyść.

Mewa to także inspiracja do kreacji. Jeśli jesteś istotą, która kocha pisać, malować, tańczyć, filmować – poproś Mewę o odpowiednią perspektywę ukazania świata, aby to, co robisz, było lekkie, by uskrzydlało Ciebie i odbiorców Twojej sztuki. By mądrość życiowa, którą przekazujesz przez sztukę, była jak słoneczny dzień na plaży, który daje wytchnienie, relaks i przynosi oświecenie.

Kiedy przeczytasz ten rozdział, śmiech Mewy już na zawsze będzie Ci się kojarzył z radosnym dystansem do świata. Gdziekolwiek usłyszysz jej śmiech, poczujesz lekkość bytu, niezależnie od sytuacji.

Mewi śmiech towarzyszy ludziom, którzy zwycięsko przeszli walkę ze swoim cieniem. Po przejściu przez własne piekło umysłu i emocji i wypełnieniu bezwarunkową miłością i światłem, nie pozostaje im nic innego, jak śmiać się ze swojej głupoty i skupiania się na ciemnej stronie świata i samego siebie. Po co trwonić na to energię i zaniżać jej wibracje, powodując, że staje się nie do zniesienia? Lekkość bytu – to Twój cel do osiągnięcia. A wokół masz wszystko, by tego dokonać. Świat daje Ci narzędzia, jak morze Mewie oraz wiele możliwości, które wystarczy chwycić w dziób i polecieć.

Dlatego, odwróć wzrok od cienistych terenów. Spójrz w niebo i śmiej się. Poleć w chmury, do krainy mądrości, gdzie wszyscy się radują. Światłem słońca, orzeźwiającym wiatrem, przestrzenią wokół siebie. Radość to jedna z najwyższych wibracji Wszechświata. I bądź wdzięczna za wszystko. Za to, kim jesteś, że żyjesz i doświadczasz cudu istnienia. Wdzięczność daje Ci siłę i uśmiech na twarzy, pełen oddech w piersi i radość w sercu. Zastanów się, za co chcesz dziś podziękować i wyraź to całą sobą. Może pojawić się spontaniczna potrzeba kupienia komuś kwiatów, upieczenia ciasta, którym poczęstujesz przyjaciół, swoją watahę. Teraz Twoje stado Mew, przy których brzuch boli od śmiechu i żartowania ze wszystkiego.

Wdzięczność i radość da Ci poczucie obfitości, bo już masz wszystko, czego Ci potrzeba, a marzenia wciąż się spełniają. Ty sama je spełniasz i możesz to robić lekko, wykorzystując każdą nadarzającą się okazję.

XV

Gołębica i Anakonda – prawda o żeńskiej energii

Ta książka to była podróż. Po Twoim sercu, po szlakach umysłu, po krainie Duszy i czystej świadomości. Poznając Zwierzęta Mocy, odkryłaś siebie. Swoje cienie i słabości, a przede wszystkim swoje piękno, moc i miłość – jakości, które dają Ci siłę, by żyć tak, jak chcesz. Jesteś czystą energią, którą możesz ukierunkować tak, jak tego pragniesz. Wystarczyło jedynie uświadomić sobie, co blokowało Twój potencjał. Wystarczyła decyzja, że już tego nie chcesz. Tylko tyle – decyzja. Teraz narodziła się chęć zmiany, zawalczenia o siebie.

Tę siłę da Ci Gołębica – boska energia stworzenia, żeński promień Twórcy, którym jesteś. Gołębica to natchnienie, tchnienie życia i inspiracji. Siła, z jaką spełniasz marzenia i wyznaczasz swoje cele. Twoja wyobraźnia, która prowadzi do niezmierzonych krain, odrywa Cię od przyziemnych spraw, byś wolna pofrunęła tam, gdzie Twoje „ja", Twoja Świadomość.

Oprócz ciała masz też Ducha. Pozwól, żeby był wolny i zaprowadził Cię do celu Duszy. Gołębica Ci w tym pomoże. Ona żyje w Tobie, w samym centrum „jestem".

To Twoje myśli, emocje, uczucia, wrażliwość i miłość do istnienia. Sens życia, którym karmisz się każdego dnia, jak tylko otworzysz oczy, kiedy śpisz i czystą Świadomością wędrujesz z istotami Światła po całym Wszechświecie. Ty tworzysz go własną myślą i wolną wolą. Gołębica trzepocze skrzydłami w Twoim sercu i w wyobraźni, której domem jest Twoja świadomość. Doświadcz tego, Kochana, a nic już nie będzie blokadą ani problemem. Gołębica działa przez Ciebie wszędzie i zawsze. W najdrobniejszych i najważniejszych sprawach.

Jeśli podejmujesz jakieś kroki, zwróć się do niej, by Twoja percepcja była czysta i skupiona na celu Duszy. Poleć za Gołębicą w przestworza i zobacz, jaki masz cel, który chcesz wypełnić. Każda Twoja myśl na tym poziomie się spełni i nabierze materialnej gęstości. Uwierz, że to Ty jesteś kreatorką swojego życia. Tylko Ty. Tak samo wtedy, gdy zgadzasz się na przekraczanie Twoich granic wolności, jak i wtedy, gdy działasz prosto z serca. Weź zatem odpowiedzialność za swoje myśli i swoje istnienie. Potrafisz się sobą zaopiekować i czerpać z Wszechświata wszystko, czego potrzebujesz. Swoim sprytem Lisicy, intuicją i odwagą Wilczycy, radością Mewy, działaniem Wiewiórki. A wszystko pochodzi od Gołębicy – czystej Świadomości Twojej kobiecości.

Doświadczyłam obecności Gołębicy w bardzo trywialnej sytuacji. Dostałam przepiękną fototapetę z pełnią księżyca do swojego gabinetu. Pozostało jedynie nakleić ją na ścianę. Przez dwa lata – dwa lata – wszyscy wokół twierdzili, że jest to bardzo trudne. Począwszy od domowników, aż po specjalistów od kładzenia tapet. W końcu któregoś dnia postanowiłam się temu sprzeciwić. Czułam, że to nie może być trudne, że chcę mieć tę tapetę na ścianie. Czułam w głębi serca, że potrafię do tego doprowadzić. Zaprosiłam więc moją mamę i inne przyjaciółki na wspólne naklejanie księżyca. Kupiłam klej i powoli po prostu wzięłyśmy się do pracy. Po półtorej godzinie tapeta lśniła na ścianie, a księżyc w pełni zawitał w moim gabinecie. W mojej przestrzeni. Wystarczyła decyzja prosto ze mnie, wynikająca z moich potrzeb i marzeń. Nie było żadnych przeszkód, by to zrobić. Jedynie moje myśli, które oczyściłam i po prostu zaczęłam działać. Wręcz symbolicznie – księżyc w pełni zawitał w moim wnętrzu.

Gołębica daje tchnienie w Ciebie, w każdej sytuacji. Mój mąż długo zachwycał się siłą mojej decyzji, że mimo wszystko uparłam się i dowiodłam, że się da. Taką siłę daje właśnie Gołębica. Zaprzyjaźnij się z nią i czerp do woli z jej boskiej mocy. Od najmniejszych spraw po te najważniejsze – realizację własnych marzeń. Gołębica, to prawda o Tobie, że możesz wszystko. Dosłownie wszystko. Ty tworzysz. Jesteś boginią swojego świata, który tworzysz swoimi myślami, marzeniami, zmartwieniami. Wybierz to, z czego chcesz budować swój świat. Gołębica jest w Tobie.

Jest jeszcze jeden potężny aspekt kobiecy, tym razem związany z Ziemią, który dopełnia energię niebiańskiej Gołębicy. To Anakonda – gigantyczna energia życia, prosto ze Źródła Ziemi, jądra Wszechświata. Do niej dochodzą wszystkie korzenie roślin i czerpią z niej gorący płomień życia, całą kreację i życiodajne, zdrowe soki. Z niej pochodzi każda istota na ziemi, każda roślina i owad. Anakonda to złoty wąż, kobieca energia tworzenia z jej ziemskiego łona. Ziemska siła kreacji, pełna miłości i potencjału. Kreacji i kundalini.

To Gaja – Matka Ziemia ze swoim wewnętrznym ogniem. Jabłoń, która karmi nas jabłkami, owocami miłości. Miłość jest motorem życia i tworzenia. Kiedy karmisz się miłością, jesz rajskie jabłko – Twoje serce otwiera się i zaczynasz patrzeć na świat sercem, czyli Prawdą, bez „wgranych" programów. Patrzysz wtedy sobą samą, swoją dziką, dziewiczą naturą kobiety. Tak właśnie działa miłość w Twoim sercu, która oczyszcza percepcję ze strachu i stagnacji. Widzisz, że wszystko jest dobre.

Miłość mieszka w sercu, natomiast źródło kreacji kobiety jest w jej łonie. Jeśli wysyłasz tam miłość z serca, tam dajesz życie, rozwijasz każdy projekt, decyzję, działanie. To tam bije i rozwija się serce – nasionko każdego Twojego marzenia, również dziecka. Jeśli Twoją intencją z serca jest miłość, każdy Twój owoc z łona będzie miał tę jakość w sobie. (Pamiętasz, co mówi Papuga?) Tam, w łonie właśnie, mieszka Anakonda – złoty promień miłości i energii życiowej, który budząc się wznosi się po kręgosłupie prosto do Twojej świadomości, do korony. I czujesz życie w pełni. Jesteś pełnią.

Anakonda to żeńska energia ziemska, która tworzy całą naturę na świecie, nasze człowieczeństwo. To Pramatka Ziemia, która kocha całą sobą i która karmi nas od zawsze. Sama nią jesteś. Działaj sercem, a poczujesz jej moc.

Zastraszeni przez różne programy strachu, odwracamy się od natury, widząc w niej zagrożenie, albo traktujemy ją z poziomu ego, jak własność do eksploatowania. Chorujemy na alergię od pyłków kwiatowych czy zwierząt, co w rzeczywistości jest alergią na chemię, którą przyjmujemy, zamiast naturalnego jedzenia. Natura, pierwotna Matka Ziemia, leczy ze wszystkiego swoją miłością. Taka jest Anakonda – pokaże Ci wszystko z perspektywy miłości. Bo nic innego na świecie nie istnieje. Tylko czysta Świadomość – Gołębica i Miłość – złota Anakonda, źródło życia.

Anakonda oczyszcza serce i myśli, byś mogła działać wyłącznie prawdą swojego serca. Daje siły życiowe, by realizować się w każdym wymiarze swojego „jestem".

Poczuj teraz, że jesteś drzewem, złocistym Dębem. Z Twoich stóp wyrastają korzenie. Są coraz dłuższe i mocniejsze. Rozgałęziają się w ziemi, dochodząc do źródła kreacji – do jądra Ziemi zbudowanego z ognia i lawy. Poczuj, jak ta kobieca energia Miłości odżywia Twoje korzenie i płynie wyżej, w stopy, nogi, w każdą komórkę. Jej tętno czujesz w swojej macicy. Płynie wyżej przez pień Twojego ciała, a w górze na wysokości rąk wyrastają kolejne gałęzie rodzące listki i kwiaty. Twoja korona drzewa jest coraz większa, potężniejsza. Wzrastasz prosto do nieba. Do chmur, do gwiazd. W korzeniach mieszka Anakonda, a w koronie ma swoje gniazdo Gołębica. Pośrodku w pniu jest wygodna dziupla – Twoje serce, które możesz wypełnić wszystkim, czym chcesz. Swoimi intencjami. Jesteś Wszechświatem, jesteś Całością – Początkiem i Końcem. Myślą i kreacją. Jesteś miłością i czystą świadomością tu, na Ziemi, by zmienić ją w raj, który możesz mieć tutaj w każdym przejawie życia. Masz moc, masz wszystko, by tego dokonać. Wystarczy Twoja decyzja.

EPILOG

Epilog

Zwierzęciem Mocy jesteś Ty sama. Jako Duch Kobiety w Tobie i we Wszechświecie. Masz w sobie Białego Ducha, który jest wszystkim, całą kreacją wokół. Tworzysz również smutek i cierpienie, jeśli tak zdecydujesz. To Ty tworzysz zarówno piekło, jak i raj dla siebie. Nie ma matrixa z zewnątrz – stresującej pracy, w której musisz tkwić, złośliwych ludzi, z którymi musisz przebywać, nieprzyjemnych zdarzeń, którym musisz stawić czoła. Ty go stworzyłaś, kolektywnie z całym ludzkim Rodem, by doświadczyć zapomnienia swojej wartości i przypomnieć sobie po tym wszystkim, kim naprawdę jesteś. Sama stworzyłaś wszelkie programy, a ludzie i energie wokół, przynieśli Ci je tylko na tacy, by potwierdzić, że istnieją. Tworzyłaś je nieświadomie, bo nie zdawałaś sobie sprawy z mocy, a nawet obecności swojego Ducha. On był zaprogramowany na działanie wbrew sobie dla doświadczenia braku – braku samej siebie. Teraz jest ten moment, w którym możesz powiedzieć sobie samej: Dziękuję, ale ja już tego nie chcę doświadczać. Wprawdzie sama to stworzyłam, ale już wiem, że nie jest to dla mnie dobre. Chcę wrócić do siebie, do centrum. Od teraz chcę tworzyć siebie tak, jak tego pragnę, by w pełni uświadomić sobie swój potencjał i dobro.

Jesteś białą kartką, płótnem, czarodziejską kulą, ludzkim ciałem, które wypełniasz swoją energią – od teraz

świadomie. Aby zmienić wibracje na te, których tak naprawdę potrzebujesz, wystarczy, że uświadomisz sobie, co Cię uszczęśliwia i pozwolisz sobie doświadczyć szczęścia, płynącego z miłości do siebie i świata. Wystarczy, że poczujesz siebie jako kreatora siebie i całego świata, przyjmując odpowiedzialność za swoje myśli i słowa, które tworzą rzeczywistość.

Wcześniej ktoś narzucił ci własne zdanie na temat całego stworzenia, a także na temat Ciebie. Teraz jest moment, chwila czystej świadomości, by całą przestrzeń wypełnić swoim słowem i myślą. Własną kreacją i działaniem. Ciało i materia, to również Twoja kreacja, najbardziej ambitna, ponieważ w tej gęstości możesz dotknąć swojej myśli i dać życie wytworom własnej niezmierzonej wyobraźni – od potworów mieszkających pod łóżkiem, przez symfonie, po uczucia i kultowych bohaterów powieści. Skup się teraz na swoim ciele i daj Sobie miłość i wdzięczność za to, że jesteś. Jesteś Duchem w ciele – Bogiem i Jego stworzeniem w jednym.

Wszystko jest zbudowane z pięciu żywiołów. Każda trawka, każdy żuczek, każde zwierzę, wodospad, czy człowiek. Nasza Dusza tworzy się z nich w Początku i wszystko odbywa się na zasadzie relacji między nimi. Skłócenia bądź uspokojenia – jak w przyrodzie, dysharmonii i powrotu do symbiozy. Za pomocą Ducha, uświadamiając sobie działanie żywiołów, możesz tak nimi pokierować, by dały Ci to, czego potrzebujesz. Wystarczy połączyć się z nimi intuicją, miłością prosto z serca lub iść tam, dokąd wołają. Chcąc skontaktować się z określonym żywiołem, wystarczy przywołać do siebie, za pomocą swojej uważności, konkretne energie tego żywiołu.

Gdy potrzebujesz ognia – zawołaj Lisicę albo Lwa. Możesz posłużyć się też pirytem, bursztynem, rumiankiem, a nawet hiszpańskim kolegą o ognistym sercu i szybkich palcach, biegających po strunach gitary.

Jeśli potrzebujesz wzmocnić wodę, pójdź nad ocean, wykąp się lub wypij wodę. Żywioły powinny być w nas w równowadze, by wszystko płynęło w zgodzie z Naturą. Aby je zharmonizować, wystarczy jeden składnik – miłość, czyli wdzięczność za istnienie na świecie. Dlatego wyjdź na spacer na łąkę albo do lasu, czy nad morze i bądź wdzięczna za to, że po prostu jesteś, a z Tobą wszystko wokół. Żywioły zatańczą wtedy z Tobą taniec, który Was połączy. Ułożą się tak, jak w danym momencie będzie dla Ciebie dobrze.

Ziemia i życie codzienne, to również Twoja kreacja. Nikt Cię tu nie wepchnął na siłę. Wyłącznie od Ciebie zależy jak ją wykorzystasz, jaką przestrzeń w tej gęstości stworzysz: relacjami, widokami, finansami, rozmowami. Wszystko zależy od Twoich wyborów, od tego, jak czujesz się wewnątrz siebie i jakie doświadczenia chcesz sobie dać. Kiedy kochasz siebie, dajesz sobie to, co najlepsze. A wtedy dajesz to również innym.

Na swojej drodze dostajesz wiele wskazówek, które pokazują Ci, czy idziesz w stronę, którą zaplanowałaś. Jesteś słońcem, które wciąż odbija się w swoim lustrze – księżycu. Patrząc na drugą istotę – zwierzę, roślinę, człowieka, kamień – widzisz siebie. Kiedy przywołasz Białe Zwierzęta – te księżycowe, gwiezdne – Twoja świadomość wzrośnie. One są reprezentacją Ducha i jego czystej świadomości w każdym stworzeniu. Pokazują Ci Prawdę niezabrudzoną programami i naleciałościami z ego. Kontaktując się z nimi, możesz świadomie zmienić swoją obecną historię – swoją inkarnację. W lustrze zauważasz Prawdę i wtedy możesz podjąć decyzję. Widzisz dokładnie i tylko wtedy możesz zmienić to, co widzisz – siebie i świat wokół.

Z tej białej przestrzeni świadomości, zarządzaj każdą gęstością, również ziemską. Ona jest do uporządkowania, jak dom. Bo tu jest Twój Dom, Twoje ciało, Twoja ziemska rzeczywistość.

Kiedy uświadomisz sobie kim jesteś, możesz wręcz „dotknąć" swego Ducha. Wychodzisz poza wszelkie istnienie, by podejmować decyzje. Świadome, czyste i wypełnione tylko Tobą oraz świadomością Twoich potrzeb. Wówczas zaczynają komunikować się z Tobą Białe Zwierzęta Mocy – czysty Duch Zwierząt – znany jako *Animal Spirit*. On pomaga podjąć decyzje odważne jak Wilk, spontaniczne jak Wiewiórka albo dogłębnie zweryfikowane mądrością Wieloryba. Te zwierzęta mieszkają w Początku, tak jak i Twój Duch. Tam podejmujesz decyzje, a one Cię w nich wspierają. Tu wypowiadasz słowo, a energia zaczyna wibrować, tak by Twoja myśl stała się rzeczywistością. Znam tylko jeden sposób, który pozwala odnaleźć do nich drogę – odnalezienie miłości we własnym sercu.

WERONIKA DĄBROWSKA

ROZMOWY Z DRZEWAMI

PRZEWODNIK

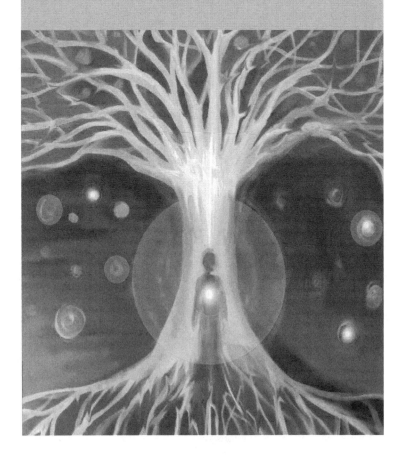

Edyta Adamczewska

Tajemnica Narodzin

Poród
Lotosowy

Magdalena Anna Dapczyńska

JEDNO ŻYCIE

Moje widzenie świata

CYWILIZACJA DUSZ

Aleksander Deyev

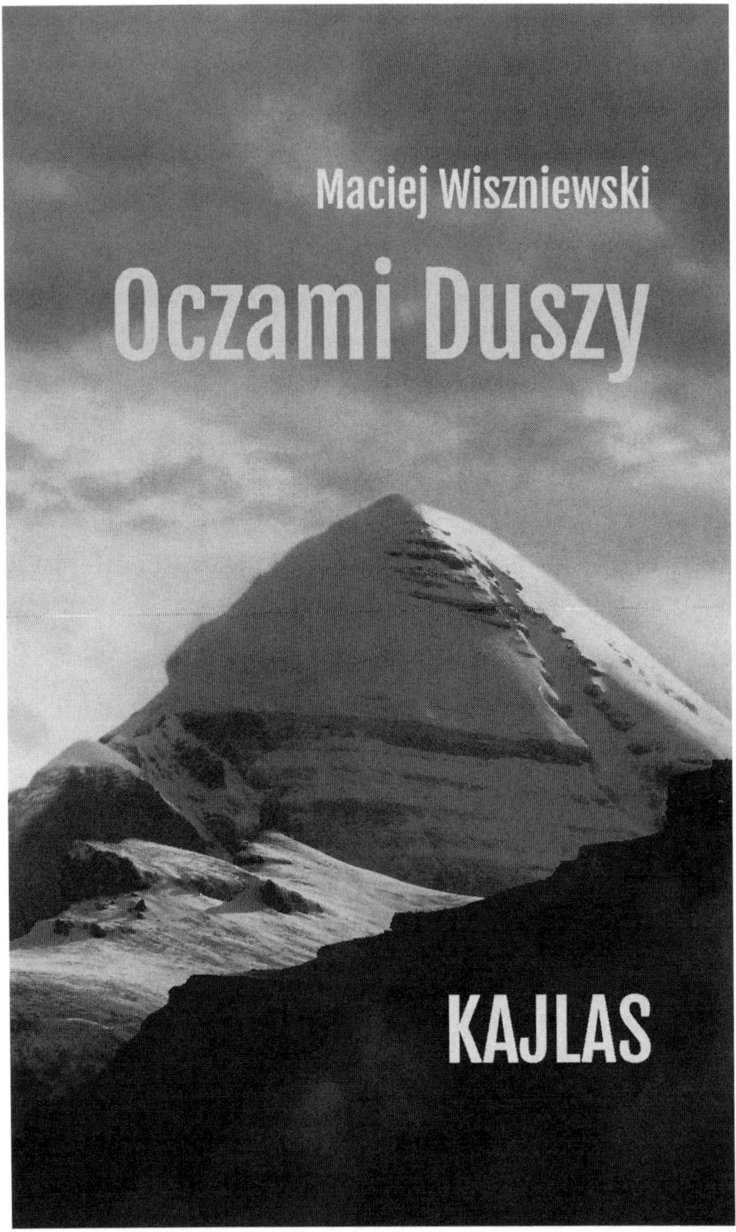
Maciej Wiszniewski
Oczami Duszy
KAJLAS

MAREK WYSOCKI

CO BY BYŁO GDYBYM

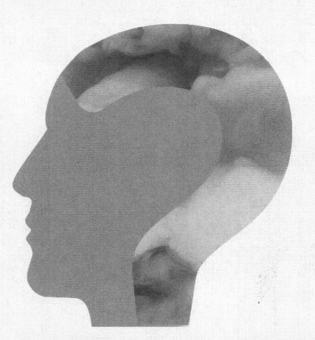

WIEDZIAŁ

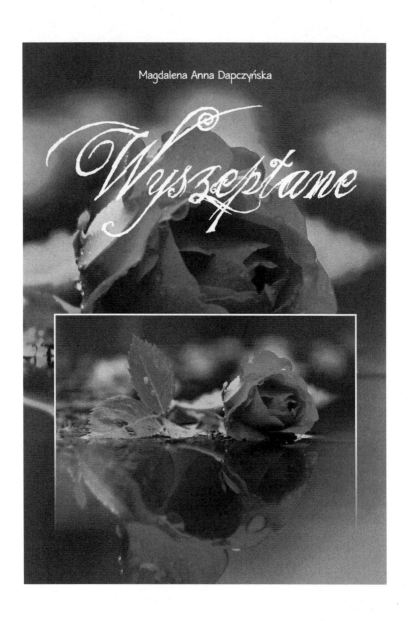

Magdalena Anna Dapczyńska

Wyszeptane

www.otoksiazka.com